ラルーナ文庫

仁義なき嫁　旅情編

高月紅葉

三交社

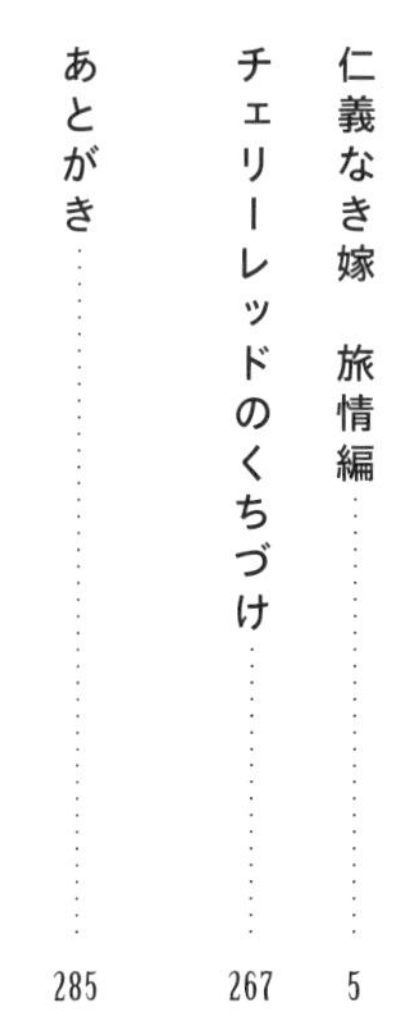

CONTENTS

Illustration

桜井レイコ

仁義なき嫁　旅情編

本作品はフィクションです。
実際の人物・団体・事件などにはいっさい関係ありません。

軒先に吊るした風鈴が涼しげな音を鳴らす。

水を入れたバケツに足を突っ込んだ佐和紀は、団扇を使う手を止めた。隣に座っている三井も、週刊誌の袋とじを破く途中で動きを止めた。視線が合う。

「なんだよ」

上目遣いで睨んでくる三井を鼻で笑って、団扇を動かしながら灰皿を引き寄せた。

「べつにー。高校生かよ、と思っただけ」

しかも袋とじの内容は『隣のＯＬさん、禁断エロショット』だ。丁重に扱うべきだとはとても思えない。そっけなく視線をそらして日差しに目を細めた。軒先の緑の葉に、夏の太陽光が反射している。

灰皿からまだ吸えそうな一本を拾ってくちびるに挟むと、構えたライターを押しのけられた。

「だから、言ってんだろ。シケモクを吸うな」

「うるっさいな。まだ吸えるんだからいいだろ。おまえこそ、だいたい、そんなどうでもいいエロ写真をキレイに開いてどうなるんだよ」

「それこそ俺の勝手だ」

くちびるから短いタバコをもぎ取られる。三井は縁側に置いたタバコの箱を引き寄せた。

「あるだろ、ここに」

「いや、吸えるから」

「貧乏くさいこと、するなって言ってんだよ。若頭補佐の嫁なんだから、新しいの吸えよ」

抜き出した一本を突きつけられて、息を吐きながら指で摘まみ取る。

「ここに慣れたのはいいんだけど。あんたさ、生活感が出すぎなんだよ。暑いなら、クーラーつけろよ。っていうか、扇風機も買っただろ！」

勢いよくまくしたてられ、三井が向けてきたライターの火をもらった佐和紀は両手で耳をふさぐ。クーラーとは無縁の暮らしを続けてきたせいか、うだるような暑さでもそれなりに生活ができる。

「この離れは風通しいいから。今日なんか、扇風機もいらないだろ」

組長と佐和紀しかいない『こおろぎ組』を存続させるため、大滝組若頭補佐・岩下周平の事実上の妻になってから五ヶ月。身に染みついた癖はそうそう直らない。

「おまえだって、なんだかんだ言って付き合ってんだろうが」

バミューダパンツにタンクトップを着た三井を横目で睨むと、

「仕事なんだよ、仕事」

軽い口調で言いながらタバコに火をつける。

佐和紀の世話役にと、周平が選んだ舎弟は三人。最年長で落ち着きのある岡村慎一郎と、頭の回転が速い石垣保。それから、かつて佐和紀が乱闘中に前歯を折った三井敬志だ。

三人とも組の仕事と兼任だから、時間の作りやすい石垣と三井が両脇を固め、周平の用事で忙しい岡村はときどき様子を見に来る。亭主に漏らせない不満を抱えていないか、探らせているのは当の本人だろう。そつのない気遣いを表に見せないのが周平だった。

「タカシ。アイス、買ってきて」

タバコをふかしながら、剝き出しになった白い脚でバケツの水を跳ね上げる。

「はぁ？　イヤだっつうの」

兄貴分の嫁になった佐和紀に対して、いまだに敬語を使う気のない三井が、膝の上に頬杖をついてそっぽを向いた。佐和紀は肩を揺すって笑う。

灰皿にタバコを休ませ、ゆるく着付けた浴衣の合わせの中に団扇で風を送る。

大滝組に嫁入りしてから和服で過ごしているのは、佐和紀の私服のセンスが壊滅的に悪いからだ。親分の松浦に心配され、結納金で和服を揃えた頃はまだ凍えるように寒かった。

「もうちょっと、マシに着れないのかよ。夜はまともに着てるだろ」

三井のつぶやきが耳に届く。

「真っ昼間からキチキチに着れるか？　ごく普通だろ。夏祭りの大学生よりはマシだ」

「おまえと、そのあたりの大学生を一緒にするな」

がっくりと肩を落とした。

「言えば？」

佐和紀はニヤニヤ笑いながら眼鏡のズレを直し、三井の肩を団扇でつつく。

「浴衣姿の俺で欲情しそうなんだろ？」

鏡に映った母親似の目元を懐かしく思うことがあっても、同性の気持ちを乱すほど特別だとは思わない。でも、第三者からの反応は何かと大騒ぎだ。普段から和服を着るようになってなおさらに拍車がかかっている。

「したら、なんだよ」

三井がキッと睨んできた。開き直りきれていない目が泳いでいる。

「アイス、買ってきて」

佐和紀は目を細めた。

「イヤだって言ってるだろ。暑いんだよ。コンビニまで十分あるし」

「俺だってさ。おまえが久しぶりの私服をダメにしなければ、この夏は洋服にしたのに」

「嘘つけ。あんなの私服にすんなよ。蛍光色の迷彩な！　ありえないから！」

暇つぶしに行くパチスロでタバコの匂いがついてもいいようにと買った洋服だ。

選んだ瞬間から三井は無表情になっていたが、服の趣味をとやかく言われたくなくて無視した。その一週間後、缶コーヒーをぶっかけられた。わざとじゃないと口先では謝られたが、周平の評判を守るためなら、なんだってするのが三井たちだ。嘘に決まっている。

「氷でも舐めるかな」

足先で水を撒きながら言うと、三井が笑い転げた。

「どうにもなんねぇな！　小学生レベルだろ。ったく、情けない」

「おまえに言われると、イラッとするなぁ」

煙を吐き出して、佐和紀は言葉ほども苛立っていない顔を歪めた。

可も不可もない、妙にのんびりとした昼下がりだ。

「佐和紀、佐和紀」

部屋を隔てた廊下の方から呼びかける女の声が響き、素早く反応した三井が飛び上がる。

「こちらにいらっしゃいます！」

シャツを引き寄せて羽織り、ささっと正座した。佐和紀にはタオルを差し出してくる。

「ここにいたのね。暑くないの？」

肌を拭きながら肩越しに振り返ると、涼しげなワンピース姿の京子が立っていた。

「バケツの水で涼んでいたので」

「あら、そう。三井も大変ねぇ」

同情の視線を向けられた三井は、借りてきた猫のようにおとなしくなり、首を左右に振った。

京子は、大滝組若頭・岡崎(おかざき)の妻で組長の娘だ。岡崎は周平の兄貴分に当たり、元々は佐和紀と同じこおろぎ組にいた。だから、大滝組の跡目争いを回避しようと周平が考え出した茶番劇のため、男同士の縁談を佐和紀に持ち込んできたのだ。それがいつの間にか『嘘から出た真』になってしまい、佐和紀は名実ともに周平の嫁として暮らしている。

要するに、お互いに惚(ほ)れたのだ。それだけのことだった。

「着物が仕立て上がったから合わせましょう。三井はお役御免よ。涼しい部屋で休んでなさい」

京子に誘(いざな)われた佐和紀は、三井を残して離れを出る。母屋の裏側に位置する廊下を通って、反対側に建てられた離れに向かった。

「予定より早くて助かったわ。合わせてみて問題があれば、直しに出さなくちゃいけないもの。まぁ、あの呉服屋に限って、差し戻しのあるような仕事はしないでしょうけどね」

縁側から家の中へ入ると、物音に気づいた部屋住みの舎弟が出てくる。『部屋住み』は見習い期間中の準構成員のことだ。高校を卒業したばかりだろう少年が頭をさげた。

「呼ぶまで来なくていいわよ」

年若い舎弟に向けた京子の声は柔らかい。佐和紀は少年の前を通り、和室へ入る京子の背中を追った。床の間の前に置かれた横長の箱の中に、たとう紙が二つ重なっている。

下の長い方が着物で、上の短い方が帯だ。

「肌着も用意してあるから、まずこれを着てくれる？　一通り、私が着付けるわ」

襟ぐりの広いシャツと麻のステテコを渡される。

「部屋、出た方がいい？」

京子がからかうように笑う。

「いえ、大丈夫です」

「キスマークとか、あるんじゃないの？」

返された言葉に赤面してしまい、佐和紀は慌てて背中を向ける。

姉嫁として面倒を見てくれている京子に、佐和紀はなんでも相談してきた。そこには周平との夫婦生活のあれこれも含まれているから、バツが悪い。

「相変わらず、そんなに回数はないですから」

京子に背中を向けたまま、佐和紀は素肌の上にまとっていた浴衣を脱ぐ。肌着に着替えた。一時期ほどセックスレスだと感じないのは、求めれば与えられる安心感があるからだ。

「そうなの？　新婚なんだから、子作りしないとダメよ」

「本当に妊娠したらどうするんですか」

「周平さんはさせそうで怖いわね」

京子が真面目（まじめ）な声で言いながら、たとう紙を開く。

相変わらず、周平はなかなか挿入しようとしない。しかし、この二ヶ月、何度か全身筋肉痛を味わった佐和紀にも、周平の慎重さの意味が理解できるようになってきた。誰にも触られたことのない、自分でも触ったことのない場所を、硬いモノでこすられ突き上げられる快感は、強ければ強いほど翌日の疲労がとんでもないことになる。

絶倫な上に巨根でテクニシャンな男の欲望任せにしていると間違いなく壊されてしまう。もしくは、作り変えられてしまう。それは、もう、何もかもをだ。

「見て、佐和ちゃん。どう？」

着物を取り出した京子の声で我に返った。新しい夏の着物を覗き込む。

七月に京都へ行くことが決まったのは、ちょうど一ヶ月前。夏物も困らない程度に作って嫁にきたが、さすがに女物の訪問着は用意していない。京都では女装をしなければならないのだ。

「向こうでは知り合いに支度を頼んであるわ。若い女の子だけど、大丈夫？」

「女嫌いじゃないですよ」

佐和紀は思わず苦笑してしまう。

「そうなの？」

「ホステスしてた頃は、よく関わってましたし」

繊細な生地の着物にそっと触れながら言うと、

「ホステス……」

　低い声でつぶやいた京子に見つめられる。

「言い、ませんでした……？」

　佐和紀はおそるおそる口を開いた。こおろぎ組に入る前や、入ってからも、食い詰めたときには腰かけホステスをして日銭を稼いだ。もちろん、和服での女装だ。胸を強調する必要がないからか、男だとバレたことは一度もない。それもあって、女装してくれと周平に言われても、決定事項ならしかたがないと戸惑いも感じなかった。

「だから平気な顔してるのね……。心配してたのよ。周平さんが、無理を押しつけたんじゃないかって。……あんたって、本当に苦労したのね」

「周平のせいじゃないし、いいんです。化粧も着付けも一通りできるんですけど、人にお願いできれば助かります。恥ずかしくないように化けたいので」

「えぇ、もちろんよ。とびきりの美人にしてもらうわ」

　京子は強い口調で言った。

　今回の京都行きは、周平の仕事だ。『男の嫁』の噂（うわさ）を聞きつけた、桜河（おうが）会会長の桜川（さくらがわ）が、是非にもお披露目をして欲しいと言い出したことが発端だった。

　京都の桜河会の名前ぐらいは、佐和紀も知っている。

　舎弟の岡村慎一郎から詳しく聞いた話だと、関西最大手の高山（たかやま）組の情報を得るために、周平が繋ぎを作っているらしい。以前から関西勢が名古屋あたりを一飛びにして、関東への進出を狙っているという話は有名だ。大都会の東京を抱える関東地方は、シノギを得るにも狩場が広い。関東で多くの配下を従えている大滝組にとっても、関西の動きを掴んでいることは重要だろう。

桜河会のトップから直々に、しかも大滝組長へ対して周平と佐和紀の招待が打診されたとなれば、断れるはずがない。周平が後継者争いから降りたことを関西方面に知らしめるためにも絶好の機会だ。

「でも、どうして女装しなきゃならないんですかね」

佐和紀は素朴な疑問を漏らした。『男の嫁』をもらったのだから、男の格好で挨拶しても問題はないはずだ。周平にも尋ねてみたが、のらりくらりとかわされた。しかたがなく、将棋の相手をするついでに大滝組長へも聞いてみたが、自分が『女も負ける美人』だと騒いだせいだろうと笑っていて、やっぱり結果的にはかわされた気がする。

小さなため息をついた京子がその場に座り直し、佐和紀もつられて正座で向かい合った。

「桜河会の会長の後妻が言い出したことだと思うわ。地味な嫌がらせよ」

「後妻さんが嫌がらせするんですか？　誰に」

「周平さんによ。……周平さんは黙っていて欲しいでしょうけど、私は知っておくべきだと思う。周平さんから直接じゃなくて、人づてにね。本人は都合のいい嘘をつくから」

佐和紀はまばたきを繰り返して、目の前の姉御分を見つめた。

「後妻と周平さんの過去に曰くがあるの。それを知られたくないのよ。あの女はね、本物の女狐よ。だから、気を抜くんじゃないわよ」

手のひらで、頬を軽く叩かれた。

「要するに、昔の女ってことですよね」

自分の表情が曇るのを隠せない。

どうでもいい、気にしないと思ってみても、周平の過去に心はすぐに乱れてしまう。

今必要とされているのが自分だとわかっていても、特定の誰か一人を、生まれて初めて求めている佐和紀の心は落ち着かなくなる。浮気されることも許せない上に、過去にまで嫉妬してしまいそうになるのは、恋がどういうものか知らないせいだ。周平が自分に恋をしているのかも自信がないし、自分の気持ちが本当に恋なのかも、よくわからない。

「周平さんがこの世界に入るきっかけを作った女よ。私もそれ以上は知らないわ」

京子は静かに目を伏せた。嘘だと悟ったが、佐和紀はもう聞かなかった。必要なら教えてくれるだろう。京子が聞かずにいた方がいいと思っているなら、従うだけだ。

「二人の仲が復活することだけはないから心配いらないわ。……どうしたの、不安そうな顔して」

京子が微笑みながら顔を覗き込んでくる。佐和紀はうつむいて頭を左右に振った。

「一緒に行ってあげたいけど。岩下の妻としての佐和ちゃんの仕事だからね。頑張ってくるのよ」

「自信、ないですよ」

思わずこぼれるつぶやきを、京子は笑い飛ばした。両手でゆっくりと肩をさすられる。

「会長さんを殴らなければ上出来よ」

「さすがにしませんよ。そんなこと」

「じゃあ、心配ないわよ。佐和ちゃんは学がないって謙遜するけど、世の中を渡っていくことにそれほど関係はないわ。言葉遣いもしっかりしているし、身のこなしもずいぶんとよくなったわ」

言葉遣いに関しては、こおろぎ組で仕込まれたおかげだ。普段はどれほど汚い言葉を使っていても、大勝負を打つときのためには必要だと、松浦組長とその妻は口を酸っぱくして言い続けた。

「本当に頭がいいっていうのはね、学校の勉強ができるってことじゃないのよ。……さぁ、試着しましょう」

襦袢を広げた京子が立ち上がる。

「周平さんが一緒なんだから、心配しないでついていきなさい」

力強く背中を押す言葉をかけられ、佐和紀は知らず知らずのうちに左手の薬指を確かめた。周平が贈ってくれた、2カラットの大きなダイヤモンドがついている。

それは二人の『これから先』の約束だ。そしてきっと、過去と未来の区切りでもある。

一人で必死に踏ん張ってきた佐和紀はもうどこにもいなかった。冬が春になり、春が過ぎて夏が来る。その季節の流れのままに、佐和紀もまた新しい環境に変えられ始めていた。

優しい京子がいて、周りを囲む舎弟たちがいて、茶化しながらも見守ってくれる岡崎がいる。そして、そのすべてを与えてくれたのが周平だ。

初めて手にした温かく平穏な日々は、あの男がいなければ成立しない。輝く石から視線をはずし、佐和紀は毅然と顔をあげた。


書類をめくる手を止めて、周平は首をゆっくりと左右に動かした。事務仕事は肩が凝る。

「シン、この数字はおかしい。もう一度、洗い直せ。ここがこんなシケたシノギのわけがない」

眼鏡をはずして、書類を目の前の岡村に渡す。目頭を押さえて、大きく息をついた。

「大丈夫ですか。一週間も不在となると、目を通してもらいたいものがありすぎて、すみません」

「おまえの裁量に任せるけどな」

事務所にある応接室のソファーに座った周平は、山のように積まれた書類に手を伸ばす。紙をめくりながら、周平は不意に思い出した。肩を揺らして笑いながら、顔をあげる。不思議そうにしている岡村と目が合った。

「……佐和紀のコンタクトをどう思う」

京都での会食で女装をするために、佐和紀は三週間ほど前からコンタクトレンズを試すようになった。眼鏡がなくても困らないと本人は言ったが、『揺れる視線』は艶がありすぎて目の毒だ。

でも、コンタクトレンズをはめた佐和紀がどうかと問われると、それもまた問題がある。

「どうって……。それは何か試してるんですか」

真剣な顔で聞いてくるから、周平は息を吐くように笑った。

「おまえも、トラウマだな」

まだ桜が咲いていた頃に勃発した夫婦ゲンカのとばっちりで、佐和紀に関係を迫られた岡村はまだ何かとおかしい。普段は冷静沈着を売りにしている男が、佐和紀の話になると、妙にズレた返答をするのだ。あの気の強い瞳で食い入るように迫られ、それが色っぽさとは無縁の口説きでも、岡村の心は揺れたに違いない。いまだに引きずっているのが、その証拠だ。

だから、祇園祭に合わせた京都行きの世話役は石垣にした。三井を選ばなかったのは、繁華街ではしゃぎすぎるのが目に見えているからだ。これをきっかけに一週間も離れれば、岡村も佐和紀が与えたショックから立ち直るだろう。立ち直ってもらわなければ、本当に困る。

「試すって、何をだよ」

いきなり話を引き戻すと、岡村はぎょっとした表情を向けてきた。

「おまえさぁ、佐和紀とどこまで行った？」

「どこにも行ってませんよ」

間髪いれずに答えが返ってくる。周平は今日もニヤニヤ笑って舎弟を眺めた。

「俺を裏切ってもいいと、思ったんだろ」

「何を言わせたいんですか。何度も言ってますけど、俺は……」

そんな気はありません。と、いつもなら続けるはずが、今日に限ってそこでため息が混じった。

「すみません。自信がありません」

「佐和紀の世話係からはずしてやろうか？」

「……それで、俺にオンナを押しつけてるんですか」

佐和紀と結婚するまで、周平は複数の女と肉体関係を持ってきた。そのほとんどが大滝組と関わりのあるキャバクラや高級クラブの売れっ子だったのは、身体(からだ)で繋いでおけば引き抜かれることがないし、妙なホストに引っかかることもないからだ。

幹部になってさえ昔の悪癖は抜けなかった。

所詮(しょせん)はストレス発散のセックスで、後ろ髪を引かれるほどの情もない。だから佐和紀に浮気はやめろと言われ、周平はその役目を岡村に押しつけた。沸点に達しやすい佐和紀を怒らせるぐらいなら、岡村が下手を打って売り上げを落とそうがかまわない。また後日、別の商売で補えばいいだけだ。

「好き者ばっかりじゃないですか。しかも何人も……」

「俺が仕込んだんだから、当たり前だろ」

「あぁ、元からじゃないんですね」

岡村が乾いた笑いを浮かべながら納得する。

「だからなんですか。アニキが説得した女が風俗で売れっ子になるのは」

「あっちに行ったら、もう抱かないけどな」

周平はタバコを引き寄せる。すかさず岡村がライターの火を差し出してきた。

「ひどいですね。鬼畜の所業って言うんですよ、そういうのを」

「いまさらだな。おまえもそれぐらいビジネスライクにやってくれよ」

「無理です。今だって身体がきついんですから」

「いい女とセックスできて、文句言うなよ」

周平がタバコをふかして笑うと、岡村は大きく肩を落とした。

「限度があります。アニキの結婚を知って、気が立ってるから手に負えないんですよ」

「いちいちマジメに相手をするな。足元、見られるぞ」

周平はタバコを指に挟み、舎弟に忠告した。

「惚れさせても恋愛気分にはさせるなよ。面倒になったら泡に沈めとけ。裁量に任せる」

「……鬼でしょう」

「いい人でヤクザがやれるか？」

「姐さんは知ってるんですか。そういうところ」

長いため息をついた岡村がハッとする。周平は表情を変えずにもう一度言った。

「おまえさ、本当に佐和紀の世話係やめるか」

「……それは」

やるもやらないも、岡村が決めることではない。

「石垣や三井と違って、おまえは危ないんだよ。岡崎のアニキと同じで、妙に懐の広いところがある。そういうタイプに俺の嫁は弱い」

わざと『俺の嫁』と呼んだ。

「でもまぁ、はずさないよ」

はずせない理由が周平にもある。タバコを吸い込み、白い煙を勢いよく吐き出した。

「佐和紀の中じゃ、おまえら三人が一セットになってるからな。変にはずすと俺がヤバイだろ」

ホッとするでもない岡村は、複雑な表情でうなずく。

「おまえ、重症だな。しばらくは女の世話しとけ」

それでも岡村にとって、佐和紀は特別なままだろう。一度魅入られたら抜け出せないのは、佐和紀に金をせびられていた岡崎や他の幹部を見ていてもわかる。

岡村も一生引きずる可能性が高いが、これぱっかりはどうしようもない。頭のいい男だから、自分の中でちょうどいい落としどころを見つけられるはずだ。そのための一週間だ。

そう思いながら、周平は一抹の不安も感じていた。もう一度同じことがあれば、岡村は潔く小指の一本や二本、それどころか手首から先だって差し出しかねない。そういう生真面目な惚れ方をする男だということも知っている。

周平は昔の自分を見ているような気分になり、京都へ足を踏み入れる億劫(おっくう)さを思い出す。

佐和紀を物見高く検分したいのは、男たちではなく、あの悪魔のような女に違いない。何事も起こらなければいいが、それは予測が甘すぎる。あって当然だ。佐和紀を見て、そして佐和紀を眺める周平を見て、あの女が「お二人でお幸せに」なんて言うはずがない。

それでも、佐和紀を連れていこうと決めたのは、振り切ったつもりで捨て切れない過去の憎しみと決別したいからだ。

あの女には人生のすべてを狂わされ、そして奪われた。今でも許せないのは、あの女ではなく、騙されるとも知らずのめり込んだ自分自身だ。だから自暴自棄にセックスを繰り返してきた。

自分も女も、ひとつの肉で、感情のない塊だと思いたかったのかもしれない。人を好きになることは一種のまやかしだと信じたかった。人と人とが求め合う理由は、行き着くところ、所有欲から生まれる性的欲求しかない。もしくは孤独な傷を舐めあうだけの自己愛のかりそめの姿だ。

ずっと、そう考えてきた周平に変化を与えたのは、佐和紀だ。

黙っていれば芙蓉の花びらがほころぶように繊細で美しいのに、口を開いて動き回ればハスッパを通り越して、粗雑で乱暴で向こう見ずなチンピラに過ぎない。

二月の雪の降る夜に、曇りのない白無垢で嫁いできた佐和紀を思い出して、周平はタバコを深く吸い込んだ。肌の熱さが脳裏に甦る。それから、皮膚の感覚が呼び起こされた。

誰かを抱くのに、自分をセーブするのは久しぶりだ。相手をコントロールするためではなく、相手を傷つけないように、昂ぶる自分をひたすら抑えるなんて今までしたことがない。

欲望のままに抱きたいと思う本能が滾っても、佐和紀には到底受け入れきれないと思い、あきらめた。見栄と強がりの中に隠された繊細さを壊したくなかった。

それは大事にしてやるべきものだ。

「アニキ、どうして笑ってるんですか……」

怯(おび)えた顔の岡村に声をかけられ、周平は物思いから現実へと引き戻される。

「おまえさ、岡崎さんと勝負して勝った方が佐和紀を抱けるとしたら、どうする？」

「……だから、やめてください。そういう質問」

やっぱりロクでもないことを考えていたのかと、岡村の顔に書いてある。

「正直、岡崎さんにも負けたくないと思いますけど。でも、姐さんはアニキといるのが一番幸せなんですから、それでいいじゃないですか」

思ってもみない直球が返ってくる。

「おまえがそういう男じゃなければ、安心して京都に連れていけたのにな」

タバコを灰皿で揉(も)み消して周平はため息をついた。

心優しく実直で、百点満点な答えを本気で口にするような男は、ますます佐和紀のそばには置いていられない。今はまだダメだ。

「それより、姐さんが女装する日は、岡崎さんが行方不明になるような気がして……。実はそっちの先手も打つために、対応に追われてるんです」

岡村が眉(まゆ)をひそめる。

「……こわいこと言うなよ」

周平は思わず身震いして、もう一本タバコを手にした。

＊＊＊

新幹線で京都駅に着いたのは三時半頃。

スーツ姿の周平と夏着物の佐和紀。それから色を抜いた髪のままジャケットを着用している石垣と、関西方面を担当している大滝組の構成員・谷山。四人揃って改札を抜けた。

周平よりも二歳年上の谷山もスーツ姿だ。極道特有の目つきの鋭さが隠せない上に体格もいい。三人の前を歩くと、それだけで人の溢れているエントランスが格段に歩きやすくなる。

大きな荷物は前もってホテルへ送ってあるので、手荷物はない。佐和紀は高い吹き抜けの天井を見上げた。羅城門をイメージして作られた駅舎は、古都と言われる町の玄関口としては現代的で無機質なモダンさだ。口が開いていると石垣に指摘され、慌てて口を閉じる。新幹線の中で弁当を食べ、富士山に興奮した後、すっかり眠りこけていた頭の中はまだぼんやりとしていた。

「あぁ、あれが迎えでしょう。真柴です」

谷山がドスの利いた低い声で周平に向かって言う。

肩幅の広いブラックスーツの男が一人、こちらに気づいて深く一礼したところだった。

「遠路ご足労いただきまして、ありがとうございます」

駆け寄ってきた男は周平の前でまた深く頭をさげ、機敏に身を起こした。

保険の勧誘セールスでも食べていけそうな、相手に警戒心を与えない礼儀正しさがある。きりっとした顔の造りは際立って男前というわけではないが、弱々しくない柔和さが滲(にじ)み出ていて、客の出迎えにはぴったりの人材だ。

「桜河会の真柴と申します。谷山さん、先日はありがとうございました」

関西の組とのやりとりを受け持っている谷山はすでに顔見知りなのだろう。

「役に立てたのなら、こちらとしても何よりです」

町の喫茶店で見かけるような、営業マン同士のトークを眺めていた佐和紀は、

「妻の佐和紀と、その世話係の石垣だ」

突然、周平から紹介されて、

「佐和紀です」

条件反射で会釈する。

「石垣です。よろしくお願いします」

世話係で片付くほど末端の構成員じゃない石垣だが、佐和紀の半歩後ろで頭をさげた。

「もし京都で困ったことがありましたら、どうぞ遠慮なく私までおっしゃってください。奥様のお食事でもお買い物でも。手配させていただきます」

周平に名刺を差し出して、真柴は流れるような関西のイントネーションで穏やかに言った。めったに聞くことのない関西訛りに聞き入っていた佐和紀は、名刺を石垣に渡す周平と目が合った。さりげなく目配せされて、睨み返す。

視線に、どこか好色な気配を感じたからだ。

「では移動しましょうか。車を用意していますので、どうぞ」

真柴が谷山と歩き出す。その後を周平と佐和紀が並んで歩き、しんがりには石垣がつく。

今日はホテルにチェックインするだけで、周平にも用事は入っていない。

「関西の言葉が珍しいのか」

「昔、知り合いにいたんだけど。ちょっと違う」

「大阪と京都でも違うし、大阪も北と南ではニュアンスが違うからな」

かすかに指と指が触れ合い、佐和紀は思わず指を伸ばした。

「部屋まで待てよ」

周平の指が、ぎゅっと佐和紀の手を握って離れる。ささやかれてそっぽを向いた。

着物姿の自分を珍しそうに見る視線が関東よりも格段に少ないことに気づく。ここでは和服姿の生活も珍しくない証拠だ。

地下の駐車場に停まっていた大型セダン二台の片方に石垣と乗って、佐和紀はホテルへ向かう道すがらを眺めた。コンクリートの建物が味気なく立ち並び、電線がごちゃごちゃと宙に交錯しながら伸びていた。期待したほど古い町並みでもない。

ホテルの車寄せで真柴に見送られ、チェックインは石垣が済ませる。佐和紀と周平は高層階の広い部屋で、石垣と谷山は別の階のシングルルームだ。

「あの男、お世辞も言わなかったな」

部屋には送っておいた荷物が届いていた。荷解きする前に、抱き寄せられる。佐和紀が想像していた京都の景色が広がっている窓辺から、無理やりに引き剝(は)がされた。

「おまえが女に見えていたりしてな」

「まさか」

笑った佐和紀は、キスされて目を伏せる。

「ちょっと待てよ、周平」

話しかけようとしたくちびるの間に舌先が滑り込み、身を任せそうになって我に返った。

「帯に触るな。そんな必要ないだろ」

「窮屈だろうと思う旦那(だんな)の親切心だ」

周平が笑う。わかっているはずの男を睨んで、佐和紀は腕の中から逃げた。

「嘘をつけよ。絶対、違う意味だ」

「違う意味って、どういう意味だよ」

逃げる腕を摑まえられ、引き寄せられる。抵抗しても、帯は簡単にほどかれた。

「キスしないか。佐和紀」

　それだけで済めば、そうしたい。でも、絽の着物を床に落とされ、夏物の涼しい襦袢だけになると、キスから先を期待してしまう自分自身の理性に自信がなかった。

「……通りを見物しに行くって言っただろ」

　一時間後に、谷山と石垣が迎えにくる。四人で散歩がてら食事をしに行くことになっていた。

「一時間あるだろ」

　あごを掴んでくる周平の手首を握りしめた。まぶたが条件反射で閉じてしまう。

「……部屋の中も一通り、見ようと思ったのに」

「一週間もある。嫌ってほど見慣れるから、心配するな」

　舌先でくちびるを舐められた。

「ダメだって……」

「そうだな。わかってる」

　言いながら周平はキスをやめない。音を立てて何度もキスされながら、一歩ずつ後ずさった佐和紀の足がベッドに触れた。

「こうしよう、佐和紀。まずはベッドの寝心地を確かめればいい。そうだろ？」

「死ねよ。ふざけるな」

目を閉じたまま悪態をついて、佐和紀は腕を伸ばした。周平の首にしがみつく。

くちびるが深く重なり、力強い腕に支えられて、ゆっくりとベッドに押し倒される。

「……んっ」

膝で佐和紀の足を左右に割りながら、周平がスーツの上着を脱ぎ、ネクタイをはずした。

ずり上がろうとした佐和紀は、襦袢を押さえられていて身動きが取れない。紐を自分でほどいた。薄衣から腕を抜く。

膝立ちでベルトをはずしていた周平に睨まれた。

「逃げるな」

「だってさ。……石垣はあれでも、谷山は」

周平はスラックスを脱いで、そのまま下着もずらす。

目の前に見せつけられ、裸の佐和紀は抱えた膝に顔を伏せた。

「勃ってるし、おまえ……」

当たり前だとわかっているのに、つぶやいてしまう。半勃ちでもかなりの存在感だ。

「谷山にヤッた顔を見られるのが嫌か」

足首からそっと伝いあがる指先で腕を握られる。顔が近づいてくる気配に黙って従った。

「この部屋、なんでこんなに広いの？」

性急じゃないキスをされてのけぞりながら佐和紀は聞いた。

欲情を煽られると本能的に拒んでしまう身体も、柔らかな愛撫のような口づけには勝てない。うなじを指で撫でられながら膝を促されて、素直に脚を伸ばした。

「ジュニアスイートだからだろうな」

シャツを脱ぎながら周平が答える。二台並んだセミダブルベッドの向こうはチェストで区切られたリビングスペースだ。黒を基調としたシックなソファーセットが置かれている。

「ふぅん。スイートって……」

「甘いって意味じゃない」

首筋に顔を埋めた周平が笑うと、息がかかってくすぐったくなる。

佐和紀は身をよじった。ベッドの上を這って逃げる身体から下着が剝がれる。

そのまま全裸で床に下りようとした腰を引き戻された。周平が可笑しそうに声を立てて笑う。

「あんまりかわいいことしてると犯すぞ」

背中から抱かれ、佐和紀はくちびるを尖らせた。

「夜まで待てよ」

「得意じゃないな」

「ん……得意じゃ、なくても……しろよ」

「おまえこそ、相手してくれよ。あんまりグダグダ言ってると、いつもみたいに押し切るからな」

「本当に、死ね……」

佐和紀は身体の力を抜いた。周平がその気になったら逃げられないことはわかっている。屋敷の敷地内でだって、嫌だと断るのを何度押し切られたか。思い出すと身体に火がつきそうなほど恥ずかしくなるから、佐和紀はなるべく考えないようにする。

佐和紀を気づかって挿入は遠慮するくせに、周平は見た目の印象と違って堪え性がない。誰に見られるかわからないのに、台所や庭でされたこともある。

「……っ……んっ」

わざといやらしく乳首の周りを爪の先でなぞられ、普通の呼吸ではいられなくなる。むずむずとしたくすぐったさに、独特のせつなさが混じってくるのをやり過ごした。

「ふっ……ぁ、ん……」

佐和紀だって、今じゃなければもっと素直に応えている。でも周平と触れ合っただけで自分がどんな顔になるのか、わかっていて受け入れるなんてできない。

「触られれば気持ちよくなるくせに、嫌がるなよ」

「ほっとけ」

悪態をついて大きく息を吸い込む。周平が反応を楽しんで、わざと嫌がらせしていることはわかっていた。でも、じゃれあいに慣れない佐和紀は困惑するだけだ。

「怒るなよ」

「怒って、ない」

「にしては、顔がこわいな」

腰に当たっていた昂ぶりに指を絡めて握ると、周平の手も伸びてくる。触れられて、佐和紀は小さく震えた。鎖骨に頰を押し当てると肌の温かさに息が漏れ、さらに身体をすり寄せる。柔らかく触れてきていた周平の指に力が入った。

「あっ……」

強くこすりあげられて声が出る。低くかすれた自分の声が、いやらしく耳に響く。

「……ん、ふぅ……ん、んっ」

周平の指でしごかれると、佐和紀の屹立はすぐに先端から濡れてしまう。手のひらに押しつけるように揉まれ、喘ぎながら自分の手が握っているものを見た。

太くて硬い周平の昂ぶりも熱を持っている。

「あ、んま……したら、うごかせ、な……」

佐和紀は息も絶えだえに訴え、ぎこちなく手を動かす。一方、先走りを塗り広げる周平の手はぬるぬると動き、快感に焦れた腰が揺れるのを止められなかった。

「顔をあげて、握ってるだけでいい」

口早に言った周平の声に焦りが滲んでいる。嚙みつくような激しさでくちびるに吸いつかれた。指の動きが複雑になり、周平を気持ちよくさせたいと思う余裕もなくなる。

「んっ、……んっ」

潜り込んできた舌先で口の中を激しくかき混ぜられる。舌の柔らかなふちの部分を、周平の舌がかすめるたびに、佐和紀は大きく身震いを繰り返した。

「ん、くっ……ん……」

唾液がくちびるの端からこぼれて、喉元を伝い落ちる。次第に強くなる快感に、佐和紀は両手で周平の昂ぶりを握りしめた。絡まる舌の動きで、息が苦しい。それでも、できる限りくちびるを押しつけ返した。それが精一杯の返答だ。

「……も、イくッ……」

息があがり、焦れる腰を突き出しながら、佐和紀は目を細めた。下半身がじんじん痺れて汗が滲む。くちびるを離した周平に首筋の肌を強く吸い上げられ、震えながら背筋をそらした。

「うっ……、ふ、ぅ……んっ」

もう片方の手に引き戻されながら、激しく先端をしごく指に促されて射精する。

限界までこらえたものが一気に解放され、波打つ快感に佐和紀の息が引きつった。すぐに淡い充足感が訪れ、ゆっくりと喘ぐ。大きな手のひらで汗ばんだ背中を撫でられ、まつげについた涙の小さな粒で視界がぼやけた。

快感の波に煽られ身震いすると、精悍な表情の周平は、チュッと、恥ずかしくなるような音を立ててくちびるを吸う。男らしい容姿からは想像できない柔らかくかわいいキスに、胸の奥がぎこちなくときめいた。心の内を隠したくて佐和紀が無表情を装うと、

「俺もイかせてくれ」

目を細めた周平が静かに言った。仕草の甘さとは反対の、低い声が卑猥だ。

セックスをしている自覚がふいに芽生え、恥ずかしさではない戸惑いに吐息が漏れる。

佐和紀の手の中にある周平の性器は、限界まで大きく膨らみ、待ちきれない先走りが先端に滲んでいた。同じ男だから、それがどういうことか、今はよくわかる。

まだ腰を覆っている甘い痺れを周平も感じているのだと思うと、落ち着かない気分だ。どうして自分なんかで、と考えこむよりも早く、周平の手が促すように重なった。

手のひらは、佐和紀が放ったばかりの精液で濡れていた。それを拭う時間さえ惜しいほど、周平が欲求を募らせていることに気づき、佐和紀は胸で大きく呼吸を繰り返す。視線が絡んだ。

欲情している周平の瞳は、腹をすかせた動物のように獰猛な鋭さを秘めている。自分の首筋に牙の先端が食い込むような危うさを感じ、佐和紀は目を細める。

ふいに、身を投げ出したい気持ちになったのは、敗北を感じたからじゃない。空腹の獣が満ち足りるのなら、そのまま食べられてしまいたいだけだ。そんな感情の名前を、無知

な佐和紀は知らない。

周平の瞳をまっすぐに見つめながら、ただ、挿入してもいいのにと思った。抱かれることは嫌いじゃない。口先で拒むのは単なる強がりだと自分でもわかっている。

舎弟たちとの待ち合わせのことなどすっかり忘れ、自分の中で果てる周平を思い描く視線が、知らず知らずのうちに熱っぽく潤んだ。

「時間に間に合わせろって言ったのは、おまえだろ」

佐和紀の手のひらに熱い体液を溢れさせた周平が、乱れた息を繰り返しながら苦笑を浮かべる。

「そんな顔して……」

そう言われても何のことか理解できなかった。不満を露わにすると、
周平が曲げた指の関節で頬を撫でてきた。その骨ばって大きな手を摑まえる。

「ここで誘いに乗ったら、後で怒るだろう」

周平はため息をつきながら指を絡めてくる。

苦み走った男振りのいい顔に佐和紀は見惚れた。

「続きは食事の後だ。そのときはたっぷり泣かせてやるから覚悟しろ」

「今じゃなくて?」

「いいのか。本当に、いいんだな。石垣と谷山が俺にヤラれてるおまえを想像しながら、

うどんをすすっても文句ないな？」

「……ある」

　ぼそりと答えて、佐和紀はハッと我に返った。

「ある……。あるに決まってんだろ。だから、嫌だって言ったのに！」

　叫んでベッドから飛び下りた。ベッドの上であぐらを組んだ周平は笑っている。

「理性的な俺に感謝しろよ」

「また押し切ったくせに、偉そうなこと言うな」

　佐和紀は首の後ろに手を当てながら、大きく息を吐き出す。うっかり夢中になった自分が恥ずかしくて頭の芯(しん)が痛くなる。

「このまま色事師と暮らしていく自信がない……」

　うそぶきながら、その場を離れようとして振り返った。

「だからさぁ、バスルームの場所も知らないんだけど！」

　腹立ちまぎれに声をあげた。

＊＊＊

　その小さな一軒屋は、船岡山(ふなおかやま)を覆う木々に隠れるように建っていた。

佐和紀と石垣を遊びに出かけさせて別行動をしている周平が谷山の車から降りたのは、ほんの数分前だ。桜河会との会食は今夜行われる。

それまでに済ませておきたい用事だった。

車が入れないほど狭い路地の奥に立ち、呼び鈴を押す。古めかしいブザーが鳴り響き、しばらくして右手の垣根から男が顔を出した。

「岩下さん、ですか」

関西の訛りは、時にひどく冷酷な響きを持つ。家の背後に茂る雑木林から聞こえてくる無数の蟬（せみ）の羽音に紛れてしまいそうな小声だ。青白い顔色の男は、不思議と若く見えた。だが、次の瞬間には疲労に満ちた中年にも見える。場所が悪いのか、家のせいなのか、それとも男の持つ気配のせいか。周平は普段ならものともしない気味の悪さに眉をひそめた。爬虫類（はちゅうるい）を思い出させるぬるりとした瞳が、周平を無言で値踏みする。

「話は聞きますけど、承ることはできまへんで」

腰の高さの木戸を内側から開いた男に促され、縁側に置いた座布団に腰かける。半開きになった障子の隙間（すきま）から、着物の反物を張って固定する器具が見えた。

「絵付けの仕事をしてます。これで糊口（ここう）をしのがせてもらってますから、お話はお断りします」

冷たい麦茶を出した男が淡々と言う。取りつく島がないとはこのことだ。

「もう『彫り』の仕事はされないんですか」

周平が聞いても、顔色ひとつ変えない。

「あれは人生を狂わせるでしょう。どうにも私には向きません。覚悟やなんや言うても、ファッションで入れる小さい絵とちごうて、もう二度と消えへんもんですから。そのへんは、岩下さんもようご存知のはずや」

周平は黙った。しばらくじっと蟻の行進を眺める。

暑さを感じもしない虫は痛みも苦しみも知らないのだろう。

「財前さん」

おもむろに名前を呼び、周平は顔をあげた。相手を振り返る。

「あんたのおじいさんが半端な仕事をしてくれたせいで、こっちは困ってる。責任は孫が取るという話だ。聞いてるだろう」

今度は財前が黙る番だった。

「無償でとは言わない。こっちも半端彫りで残されて困ってるんだ。あの男の手は、息子よりあんたの方が習得できてるんだろう」

「あの話は、ホンマですか。祖父は最後に最高のもんが出来るて言うてました。まさか、そんな」

「じゃあ、あんたが自分の目で確かめればいい。伝説の彫師の最後の画だ」

周平は濃紺のシャツをその場で脱いだ。

垣根に隔てられ、他の家から覗かれる心配はない。

「唐獅子牡丹……」

つぶやいた財前の声に滲んでいる興奮は、隠そうとしても隠し切れるものではなかった。健康的な周平の素肌には、二度と脱ぐことのできない絵が入っている。五分丈に満たない袖が肩を覆い、胸筋から肩、背中へと流水の地紋が刻まれていた。その鮮やかな青地を蹴散らすように背中で遊ぶ二匹の獣を、人は唐獅子と呼ぶ。周平にとっては災いをもたらすといわれる伝説の霊獣・ツツガに思えてしかたがない。

親からもらったときにはあざのひとつもなかった肌に爪を立てて戯れる、赤い毛並みをした凶兆の生き物は、絵が美しいだけにいっそう禍々しい。

「ええ体格してはりますね。袖丈のバランスもええし、下は臀部までですか。いえ、拝見しなくても」

慌てて周平を止めた財前は、初めて感情を見せたことで、張り詰めていたものが一気に切れたのか、大きく肩を落とした。電話で連絡を取ったときから断られ続けていたが、見れば気が変わるだろうと思っていた周平は裸のままその場に腰を戻した。

「見た感じでは、問題ないように見えますけど……」

「ここだ」

綿麻のパンツのウエストを下げ、腰骨の上を指差した。

「牡丹の花の中央……」

ぼんやりと口にした財前が顔をあげた。

「これは完成してると思うか？　あんたの意見を聞かせてくれ」

「……してませんねぇ」

苦しげに眉をひそめた財前に、周平は背中を向けた。シャツに袖を通す。

「彫りたくて彫らせた墨じゃない。生きたまま売られただけだ」

息を呑む気配がする。振り返らずに続けた。

「カタギの人間がこれだけのものを背負わされることの意味がわかるか」

「あの噂は、ホンマの……」

肩越しに振り返った先で、財前は震える手を強く自分の足に押しつけている。

周平は喫煙の許可を取らずにタバコを口に挟んで火をつけた。

「い、今は、カタギの店、相手にしてますから。どうか彫りの方は、勘弁してください」

「あんたがさっき言った通り、墨は人生を狂わせる。もう二度と正道には帰れない」

煙を空中に吐き出し、その流れが消えていくのを眺めてから、うなだれる財前を覗き込んだ。

「あんたの左手。砕いたのは由紀子だろう」

小さくなった財前の肩がビクリと震えた。ただでさえ青白い顔が色を失っていく。

「ホンマに勘弁してください。あの人を敵に回したら、京都では生きていかれへん」

「そうか。本当なんだな」

周平は肩を落として、煙をくゆらせた。

忘れたくても、忘れられるはずのない女だ。愛情を盾に多額の借金を押しつけただけでは飽き足らず、周平を財前の祖父に売りつけ、自分は何食わぬ顔で桜川の後妻に収まった。

腰に半端な牡丹が残されたのも由紀子の策略だ。周平がのたうち回るほどに苦しめば、恍惚として微笑む。あの女は真性のサディストだ。刺青を入れられているときも見物に来て、周平の苦しむ顔が一番の快楽だからと、恥じらいもなく口にした。

けれど、この十年。周平を支え続けてきたものは由紀子への復讐心じゃない。絶望感はもう色褪せ、自分が不幸だとか騙されたとか、そんな悲劇に酔う時間もとっくに終わった。

女を抱き、金を稼ぎ、ただひたすら極道の見栄を張ろうと努めてきたのは、縁を切って捨てるしかなかった家族への贖罪だ。刺青を背負っても、借金があっても、一般市民として暮らすことはできたし、母親はそれを求めてくれた。でも、自分の精神が打ちのめされ、ボロボロに壊されていく感覚を知った後では、元の生活にはもう戻れない。何もかも悪魔のような女の罠だった。

その女と夜になれば顔を合わせる。会うのは二年ぶりだ。

「桜川の息子も半端を背負っているらしいな」

「もう帰ってください。どうしたって、希望には添えまへん」

財前の表情がますます固くなる。左手をつぶされたのは仕事を断ったからだろう。そしてもう片方もつぶすと由紀子に脅された財前は、残された右手で桜川会長の息子が背負っている刺青の後始末を続けている。財前の反応が、予想を肯定していた。

他の仕事が請け負えないのは財前が由紀子に飼われているからだ。

「まぁ、道を探しますよ。蛇の道は蛇と言うでしょう」

周平はタバコを土の上に落とし、靴の裏で揉み消しながら言った。

「あの人の道は、蛇以外のものが出ますよ」

財前が声をひそめ、はっきりと口にする。

「ハズレなしで鬼が出るだろうな」

周平は笑って答えた。それを怖いとは思わない。

自分はもう学生ではなく、大滝組の若頭補佐だ。いまさら危険なのは由紀子自身じゃない。そのバックに京都で一番の組織が控えていることだ。

周平はまた来ると声をかけて、入った木戸から出た。

　真昼を過ぎて、街の中はますます気温が上がっているらしい。専門店で買ったばかりの団扇を早速使いながら、佐和紀は首にかけた手ぬぐいで額の汗を拭った。タクシーで乗りつけた清水寺から八坂神社まで、土産物屋を冷やかしながら歩いてきたばかりだ。

「暑いなぁ」

　薄い灰色のしじら織を着崩さず身にまとった佐和紀は、見た目だけ涼やかにつぶやいた。

「そうですね。っていうか、いつから……」

　答えた石垣は、和服の首元にぶらさがる手ぬぐいに気づくと、あからさまなあきれ顔になった。

「人の多いところではやめてくださいね」

　スッと引き抜かれる。

「その傘はどうなんだよ。俺の手ぬぐいより恥ずかしいだろ」

　飾り気のない黒い日傘が作る影の中で、佐和紀はおおげさに肩を落とした。

「そうですか？　俺は平気ですよ。もう慣れました」

　石垣はわざとらしく目を細める。白昼堂々、男が日傘を持っていることも不思議なら、それを男相手に差しかけているのは異質な光景だ。

「もう五ヶ月もお供をしてますから、夏になって日傘が増えたぐらい気になりません」

　八坂神社を抜けて通りに出る。

「着物と過ごすのは嫌か」

「それだけじゃないですよ」

日傘で器用に影を作る石垣が笑う。金茶色の短髪にスカイブルーの半袖シャツを着て、当たり前のように金の鎖のネックレスを合わせている石垣は、悪ぶっている学生にしか見えないときがある。育ちがいいと下品になりきれないのは、周平と岡村も同じだ。

「タカシのバカあたりが何か言いました？　洋服をダメにされたこと、まだ怒ってるんですか」

「いや、もうそれはないけど。着物は目立つだろ？　俺もスーツだけ着てればいいんじゃね？」

「あれだけ揃えてきたんですから和服で通してくださいよ」

「他人事（ひとごと）だと思って、おまえは……」

アーケードの中に入り、石垣が日傘をたたむ。

「姐さんは和服が似合うからいいじゃないですか。何を着ても、容姿は変わらないわけですし」

「なに、それ」

「目の保養をさせてもらってるんで、今のままが俺はいいです」

「タモツまで、そういうこと言うか」

通りに並んでいる店を眺めながら、佐和紀は舎弟の世迷いごとを聞き流す。

「シンさんは、まだ後遺症に苦しんでるみたいですよ」

「知らねぇよ。そんなこと」

シンというのは岡村慎一郎のことだ。そっけなく返した佐和紀はショーウィンドウを覗き込む。

「何か、欲しいものでもあるんですか」

「いや……。そういうんじゃない。京子姉さんに何か、と思って」

「お土産ですか？　それなら、今日、支度してくれる女の子に聞いてみたらどうですか」

「そうするか」

答えながら、佐和紀は後ろを振り返る。強い夏の日差しの中で、大きな八坂神社の門がいきいきとした青葉に囲まれていた。

「修学旅行って、楽しいんだろうな。おまえ、どこだった？」

「中学生のときは京都でしたよ」

「へぇ、やっぱりそうなんだ。学校なんて、ろくに行ってないからな。知ってる？　修学旅行って金払わないと行けないんだよ？」

おどけた口調で言った佐和紀の言葉に、石垣が黙る。

「担任が肩代わりするって言ったけど、脚を触ってこられて断ったんだよな」

「すみません。俺には気の利いたことが……」

言えないとまで口にせず、石垣がうつむいた。

「シケた顔すんなよ。話しづらくなるだろうが。笑い話にしたいぐらいにはもう過去だよ」

誰かに話すことさえ初めてだ。佐和紀は着物の衿に指を添え、静かにしごきながら目を伏せた。

祇園で有名な辰巳明神で手を合わせ、そのまま三条へ上がる。ガイドブックで予習をした石垣の観光案内を聞きながら鴨川を眺めて歩いた。川の流れは穏やかだ。向かいの河川敷には夏の風物詩だという『川床』がずらりと組み立てられていた。

「けっこう歩きましたね。このままホテルへ戻って、休みましょう。今日は気を使うと思いますから。もう少しですけど、タクシーに乗りますか」

雪駄を履いている佐和紀を気づかう言葉に、首を振って「必要ない」と答えた。日差しは強いが、音もなく吹き抜ける川風は気持ちがいい。

「石垣」

三条の通りに架かる橋に近づいたとき、佐和紀は舎弟を低い声で呼びつけた。欄干のそばでしゃがんでいる人影に気づいたからだ。隣で日傘を持つ石垣は断固拒否するように真顔で首を振る。旅先で厄介事に関わるなと言いたいのだろう。

「じきに駅から人が上がってきます」

「ダメだ。あれは」

近くに地下鉄の駅があるのを見て引き止めてくる石垣を振り切った。血の気が引いた男の顔は真っ白になっている。日向（ひなた）で倒れれば、いっそう酷（ひど）いことになる。

佐和紀は男のそばにしゃがんだ。身なりがいいから浮浪者には思えない。

「大丈夫ですか？」

声をかけると、男はその場に膝をついたままでうなずき、手のひらを振った。かまわないでくれというジェスチャーだ。

「行きましょう。本人が大丈夫だと言ってるんですから」

「タモツ。そこの日陰まで移動する。肩を貸せ」

「あね……」

呼びかけようとした言葉を飲み込み、石垣は苦々しい表情になった。

「かまわんで、くだ……」

「病人は黙ってろ」

石垣の冷淡さに苛立った佐和紀は、具合の悪くなっている男に乱暴な言葉を投げた。石垣を睨んで舌打ちする。

「もういい。頼まない。熱中症だったらどうするんだよ。背中に乗れ」

その場にしゃがんで背を向ける。まだ断ろうとする男の強情さにも苛立ちが募った。

「俺のばあさんは熱中症で死んだんだよ。人は生活してるだけで死ねるんだ。乗れよ」

「俺が背負いますから」

重い息を吐いた石垣に腕を摑まれ、佐和紀は睨み返した。

「もういいって言ってんだろ！」

「あんたがキレてどうするんですか。俺が悪かったです。反省しましたから手伝わせてください」

真面目な顔で言った石垣から無言で日傘を受け取り、佐和紀は二人へ差しかける。

「立てますか？　素直に従ってください。殴られますよ……」

その真剣な声に、男はのろのろと上半身をあげた。遊歩道の木陰にあるベンチへ移動して、持っていた水を飲ませた。それから寝かせて、濡らした手ぬぐいを頭に乗せてやる。

脇にしゃがみ、団扇で風を送る佐和紀に、顔色を取り戻し始めた男が口を開いた。

「熱中症やないですよ。仕事で根詰めただけです。ご迷惑を」

「謝る必要はない。こういうときは『ありがとう』だろ。学がなくてもわかる」

「代わります」

石垣に団扇を奪われ、佐和紀は素直に立ち上がった。

「そうだ。八つ橋があるから食べれば？　甘いものを食べたら元気になるだろ」

「断ると殴られます」

ゆっくりと団扇を動かす石垣が苦笑すると、男は素直にうなずいて身体を起こした。死んだ魚のようだった目に生気が戻りつつある。

佐和紀は安心して大きく息を吐き出しながら、ホテルでのお茶請けにするつもりだった八つ橋の包装紙を破った。通りの向こうの自動販売機に気づいた石垣が緑茶を買いに走る。

男と佐和紀が八つ橋を間に置いてベンチに座り、石垣は二人の前の歩道にあぐらをかいて座った。日差しの強い時間帯だからか、人通りがない。低木の街路樹の向こうを走っている車の交通量だけが反比例して多かった。

「ありがとうございました。おかげさまで、人心地つきました。タクシーに乗るのもしんどくて、迷っているうちに立てへんようになってしまって」

男の様子を観察していた佐和紀は、やっと安心して石垣に視線を向けた。

怒るでも気を悪くするでもない舎弟は、目元だけに微笑みを浮かべている。

「お礼をさせてもらえませんか」

男の言葉に、佐和紀と石垣は同時に振り返った。

「東京から来はったんでしょう。いつまで居はりますか」

「いいよ、そんなの。勝手に助けただけだし」

佐和紀は最後の八つ橋を口に入れて答えた。男が肩をすくめて笑う。

「そのお着物は、借りもんやないんですね。観光レンタルかと思うたけど、よう着慣れてはる」

「洋服のセンスが壊滅してるんで」

あてつけるように視線を石垣へちらりと向ける。冗談と受け止めたらしい男が微笑した。

「反物に絵付けをする仕事をしてます。よろしければ、一本、持って帰ってください。いくつか見繕ってホテルへ持っていきますから」

「いえ、それは」

腰を浮かした石垣を、佐和紀は手のひらで制した。指で川向こうを示す。

「市役所の前のホテルです」

「わかりました。明日の午後ではどうです」

「じゃあ、それで」

「あね、……佐和紀さん」

石垣が咎めてくる。

「気にすんなよ。俺の客が来たところで問題ないだろ」

「本当に勝手な人だな。怒られても知りませんよ。……『石垣』を呼び出してください」

「お二人は、ご兄弟かなんかですか」

男が不思議そうに二人を見比べた。

「違うよ、似てないだろ？　義理の兄弟なんだ。俺が石垣の兄貴と結婚したんで」

さらりと冗談めかして口にする佐和紀に、慌てた石垣が飛び上がる。

「なに？　おまえと結婚したって言ったわけじゃないからいいだろ」

「いっそ、そっちの方がいいですよ。話をややこしくしないでください」

「なんや、込み入ったご事情がおありのようですね」

「簡単な話なんですけどね」

ほのぼのと口にして、佐和紀は目を細めた。

「あんたの名前は？」

「あぁ、すみません。すっかり忘れてました。財前。財前遼一です」

「財前さんね。俺は佐和紀です。……メシはしっかり食べた方がいいですよ。あんた、細すぎるんじゃないかな」

「わかりました。そうします」

財前は素直にうなずいて笑った。

「弟さんも、ありがとうございました」

「いいえ。別にあなたが行き倒れになってもいいと思ったわけじゃないですよ。この人がトラブルに巻き込まれないようにするのが、仕事なんで」

「……本当に、ご兄弟じゃないんですね」

「見てわかるでしょう。この人も、俺も、どこから見ても、普通の取り合わせじゃないでしょ？」

財前に対してさりげなく予防線を張った石垣を横目に見て、佐和紀は財前の反応を見る。和服姿の男と、日傘持ちの金髪。黙って見比べた財前は静かにうなずいた。

「ヘタな商品は持っていかんようにします。佐和紀さん、お好きな色や柄はありますか」

「色は任せますよ。柄は、できれば秋か冬に着れるものを」

「季節感のないものや、なくてですか」

石垣の言葉を深く気にしていない素振りで財前は答えた。うっすらと浮かべた笑みを受けて、佐和紀も笑顔を返す。しばらく休んで調子を取り戻した財前はタクシーに乗り、佐和紀と石垣は車を見送った。

「おばあさんのこと、本当ですか」

河原町通りを歩きながら、石垣が急に問いかけてくる。

佐和紀は肩越しに振り返って笑った。

「本当だよ。おまえも気をつけろよ。人間に必要なのは水と塩と砂糖なんだからな」

「……戦時中ですか」

「生きるってことは戦争だって、ばあちゃんは笑ってたけどなぁ。戦争が悪いんじゃないよ。調子のいいときは尻馬に乗って、調子が悪くなれば誰かのせいにしたくなるのが人間だ。それでもみんな、日本人なんだよ」

「姐さんは俺よりもよっぽど、生きた知恵があると思いますよ。学にこだわる必要はないです」

「それは学があるから言えるんだろ」

石垣が横に並んでくる。

「でもいまさら勉強はしたくないんですよね？」

「絶対、やだね」

できる限り、顔をしかめてみせた。

「それより、タモツ。さっきの男は、こっち側の人間だよな……？」

「財前さんですか？」

他に誰がいるんだと睨みつけると、勘のいい石垣にしては鈍い反応で首をひねった。

「顔色を変えないところは根性があると思いましたけど……、気づいてないんじゃないですか」

「あの男がそうだって言うんじゃない。ただ、近くにいるんだろ。そういうのが」

「……まぁ、それはそうかもしれないですね。気が合いそうですか」

「悪くはない」

「あんまり仲良くしないでくださいよ。旅先の出会いは相手が男でも女でも新鮮で楽しいのはわかりますけど……。どっちにしたって、アニキからチクチク言われるのは俺なんだから」

「言うの、あいつ」

「言うと思いますよ。……あ、試すとかはナシでお願いします」

「じゃあ、黙っとけ。言わなきゃ気づかないよ。腕が良ければ京子姉さんに帯もいいな」

「明日、見てからですね」

通りに流れる祇園囃子に耳を傾けながら、佐和紀は小間物屋のショーケースに並んだ山鉾のミニチュアの前で足を止めた。

明後日の夜は、通りに組まれた山鉾を周平と一緒に見る予定だ。

「祇園祭の観覧席は取れたと連絡がありました。本当はアニキと見たかったんでしょう」

大滝組の若頭補佐として大看板の一端を担う周平のスケジュールはぎっしり詰まっていて、京都へ来ても佐和紀の入る隙がない。夜のわずかな時間が調整できただけでも、まだマシだった。

「……わかったような口を利くなよ。だいたい、俺はそんな子どもじゃない」

ショーケースから離れて早足になる佐和紀を、石垣が小走りに追いかけてくる。

「どうだか……」

からかいを口にされ、反射的に殴りそうになった拳を、そっと自分の指で開いた。

一緒にいてくれなんて言えない。それを口に出せば、きりがないからだ。

もう少し長く、もう少し頻繁に、もう少しそばに。

口に出せば簡単な願いだ。だからこそ、単純には言い出せない。

「殴らないでくださいよ」

拳をほどいている手を、ちらりと見た石垣が距離を取る。

「あれだよな。おまえらを黙らせるには、キスのひとつでもしてやった方が、よっぽど効き目あるよな」

ホテルの前の信号待ちで足を止めると、黙っていた石垣がいきなり勢いよく振り返った。

「シンさんに、キスしたんですか！」

突然の大声とその内容に、通行人の視線が集まってくる。

「うるさいっ！　反応が遅いんだよ……っ」

佐和紀は耳を押さえて睨みつけた。

「そうなんですか。どうなんですか。っていうか、どこに？　誰から？　アニキは……」

「してないっ！」

摑みかからんばかりの勢いで迫ってくる石垣のあごを手のひらで押し返す。

「本当に最近のおまえら、うっとうしいよ」

三井も岡村も石垣も、まとめてだ。信号が変わった瞬間、佐和紀はさっさと歩き出す。

うっとうしい。そう思うほどそばにいて、でも、いないと寂しいと感じる。

周平とはまったく違う意味で、舎弟の三人も今では佐和紀の生活の一部になっていた。


午後四時の約束の時間通りに、京子が手配してくれた女の子がやってきた。さっぱりとしたショートヘアーにライトグレーのパンツスーツ。酒焼けしたように声は低いが、想像したよりもずっと若い。二十一歳で、ホテルの美容室で着付けの担当をしていると自己紹介があった。

「まずお化粧をします。それから髪を整えて、最後にお衣装という流れで」

テキパキと説明しながら、バスルームの鏡の前にメイク道具を広げる。

浴衣姿の佐和紀は促されるままに椅子に腰かける。すでに眼鏡ははずして、コンタクトレンズを着用済みだが、実は自分ではレンズを着けられないので、関東で慣らしをしていた時から着けはずしは石垣に頼んでいる。今日もさくっとレンズを乗せてもらい、視界はクリアだ。

「佐和紀さん、めっちゃ、体毛が薄いんですね。ヒゲは生えてないんですか」

工藤典子と名乗った女の子は、鏡越しに目が合うとにっこり微笑む。

「たまに見かけるけど」

ボンヤリと答える佐和紀の言葉に、典子は弾けるように笑う。落ち着いて見えても、やっぱり二十一歳の女の子だ。

「時間ありますし、顔剃りもしましょうか。眉も整えますし」

そういう流れになって、ソファーの肘掛けを使っての顔剃りから準備は始まった。

「すごい肌が綺麗で、うらやましいです」

顔剃りと基礎化粧品でのマッサージを終えてバスルームに戻る。

「自分でお化粧されたことがあるんですよね？　京子さんから聞いてます。えっと、一応、イメージを摑むために写真を用意してきてます。どの感じがいいですか？」

メイクを施した女性の写真ばかりを集めた、小さなアルバムを渡された。

「このあたりはかわいい系ですけど、佐和紀さんならこのあたりのクールな感じか、グラマラス系。これはけっこうナチュラルなタイプですね。好みの女性のタイプで選んでもいいと思いますよ。女装する男性って、自分の好みのタイプになる人が多いんです」

写真を眺めながら、周平ならどれが好みだろうかと佐和紀は自然に考えを巡らせる。色気のある人妻か、化粧映えのする派手めなタイプが好みのはずだ。

「旦那さんの好みがいいですか？」

佐和紀が動きを止めるのを見て、小脇にしゃがんでいた典子が顔をあげた。

周平とのことは、京子が言ったのだろう。図星を突かれて返す言葉が浮かばなかった。

「ウチ、三井の女やったんです」

　典子は自分を指差して笑った。

「タカシ、元気でやってます？　佐和紀さんと一緒にいることが多いって、京子さんから聞きました。アホやから大変ですよね」

「確かに頭は悪いな。俺と張るぐらいだから、よっぽどだよ。別れて正解」

「そうですよねー。でも、タカシは、佐和紀さんとは比べられないぐらい、本物のアホですよ」

　明るく笑い飛ばす。本心が真逆なのは、ほんの一瞬だけ見せた表情でわかった。

「佐和紀さんはメイクなしでも美人やから、意外性を狙うより元のイメージを崩さない方がいいですね。つけまつげ、ちょっと足してもいいですか？」

「よくわからないから、お任せで……」

「途中で違うと思ったら言ってくださいね。本人がしっくりくるのが一番ですから」

　佐和紀の手からアルバムを取り、イメージに決めた写真のページを開いて、鏡の前に立てかける。メイクが本格的に始まった。

「やりがいありますね～。すごい楽しいです。派手さはちょっと抑えますね。新婚さんっぽいイメージあった方がいいですもんね」

　鏡の中の自分が別人になっていくのを、佐和紀はぼんやりと眺めた。今までは『女装』

でしかなかったと思い知る。目の前で行われているのは『変身』の域だ。目尻に向かって毛が長くなっているタイプのつけまつげをつけると、ますます目元は母親そっくりになった。あの頃の母に生活疲れがなかったら、鏡の中の女のように瑞々しい美しさだったんだろうと思う。

そんな物思いさえ他人事のように感じられるほど、顔の出来上がりつつある佐和紀は『別性』になっていた。

「あー、これは」

口紅は最後にしますと言われながら、佐和紀は唸った。典子が心配そうに身をかがめて顔を近づけてくる。

「気になることははっきり言ってくださいね。口紅は、薄い色にします。目がポイントなので」

「いや……、完全に女だなと思って」

「正直、私が一番驚いてます」

典子は笑いながら、佐和紀の髪をいじる。つけ毛をする長さもないので、全体的に柔らかく巻いた後、襟足をタイトにまとめて前髪をサイドに流す。次は着付けだ。

「胸、作っておきました」

おどけながら典子が着せかけてきた肌襦袢の胸には柔らかなパットが縫いつけてある。

全体的にも、薄くて柔らかな綿が入っていた。

「男の人は上半身が硬いから……」

女装をしてホステスをしていたときも、ときどき、男みたいな肩だと言われていたことを思い出す。

京子が指名するだけあって、典子はそつがなかった。完璧な仕事だ。着付けに関しても、夜の女をイメージさせるのはやめようということになり、首の後ろの抜きも控えめにした。

絽の訪問着は藤色のグラデーションで、肩にニセアカシアの葉と花房、裾に花びらが散っている。柄はすべて刺繍だ。

帯は生成りの絽で、お太鼓になる部分に流水とも風の動きとも取れる模様が描いてある。

「手が震えるような着物やわ」

そう言いながらも、典子の着付けは勘所がいい。腰上を紐でぐっと締められ、背筋が伸びる。

化粧をせずに京子と選んだときは派手すぎると思った柄行きも、フルメイクで身にまとうとしっくり馴染んだ。帯が締まり、柔らかな色の帯揚げと帯締めが全体の色調を整える。

「お疲れ様でした。出来上がりです」

最後に口紅を差し、典子が一歩離れて深く頭をさげた。

鏡の中をまじまじと見つめた佐和紀は、あらためて目をしばたかせた。鏡の中の女も、同じようにまばたきをする。

「基本、変わりませんね」

と、典子は言ったが、佐和紀には理解できない。百八十度、変わっている。

長いまつげに縁取られた瞳は物憂げに潤み、すっきりと細いあご先が頼りない。綿の効果で柔らかなラインを描く肩から胸と、腰から下のラインが絶妙に色っぽかった。これなら、惚れて追いかけ回す男が理解できる。初めて会う女を観察するように佐和紀は鏡の中の自分を見た。

「とりあえず、写メ撮っていいですか。京子さんに送ります」

典子が携帯電話のカメラで撮った写真を京子にメールすると、すぐに返事が返ってきた。

「完璧やて。よかった〜。ついでに、タカシのアホにもメールしていいですか？」

ホッと胸を撫でおろし、佐和紀をソファーに座らせ、後片付けも手早く済ませた。

「まだ付き合いがあるんだ……」

「たまにしか連絡しませんけど。石垣さん、お呼びしますね」

そう言って内線をかけてから、メイクを落とす説明を始める。きちんとメモが作ってあり、化粧品を小分けしたボトルに番号も振ってあった。

しばらくすると、部屋の呼び鈴が激しく鳴り、緊急時のために部屋のカードキーを所持している石垣が飛び込んできた。

「どうして俺より先に、タカシが写真、持ってるんです……か……？」

　走りこんできた姿勢で固まった。

「え？　え？　え？　……姐さんの妹……じゃないよね？」

　石垣の反応に笑いを噛み殺しながら、尋ねられた典子がうなずく。

「間違いなく佐和紀さんです。私が支度しましたから」

「何か、変か？」

　佐和紀が立ち上がると、手にしていた携帯電話を取り落とし、石垣は手近な壁にすがりついた。

「っていうか、化けてるけど、そのまんまですね！」

「なんだ、それ」

　眉をひそめる佐和紀をよそに、典子と石垣が意気投合する。

「そうですよね！　すっぴんとは違う印象にしたんですけど、単に良いところを強調しただけっていうか……私も驚いてます」

「いやー、姐さんが男で本当によかった！　普段からそんな色気出されたら、組が傾く」

「……おまえら、もう黙ってろ……」

　佐和紀はため息をついて、ソファーに腰を戻した。

食事会は祇園の料亭で行われた。

桜河会の会長・桜川芳弘とその妻・由紀子、そして幹部たちがすでに席についている中、周平に付き従って挨拶をした佐和紀が顔をあげると、座敷中が水を打ったように静まり返った。その直後に「本当に男か」「女じゃないか」という論争が巻き起こり、渦中の佐和紀と周平は由紀子に誘われて右側の上座に着いた。広い座敷の奥に会長と妻の席があり、中央をあけて左右に膳が並んでいた。総勢十名ほどの宴会だ。

京子が『女狐』と称した由紀子は若々しいというより、すべてに張りがあった。自信に満ちた笑顔は美しく、実際は四十歳を過ぎたばかりだというのが嘘のようだ。由紀子も和服だが、いかにも粋筋が好む柄ではなく、佐和紀以上に趣向を凝らした夏着物を身にまとっていた。その贅沢が身体に沁みこんでいる貫禄と、艶然とした微笑みはやはり極道の妻の顔だ。

広間に芸舞妓が入ってきて、会食が本格的に始まった。ビールをグラスに注ぎながら二人に話しかけてくる由紀子は、周平の顔をちらりとも見ずに佐和紀と目を合わせた。

「こんな意地悪をしてごめんなさいね。私の負けだわ」

にこやかな口調だが、目の奥に鋭い光がある。佐和紀は言葉少なくうつむいた。

友好的に振舞っている由紀子が油断できない相手だと、本能的に悟ったからだ。ホステスのバイトをしているときにも、癖のある女はたくさんいた。笑顔で人を陥れ、それをなんとも思わないタイプだ。誰に言われるでもなく、関わり合いにはなりたくない。

「若頭さんの、ご紹介なんですって？　ご本人も既婚でなければ、とお思いでしたでしょうね」

周平のグラスを満たした由紀子がにこりと笑う。周平はどうでもいいようなことを答え、二人の視線が一瞬だけぶつかり合う。絡むほどの時間もなかったが、それがいっそう京子の言葉を思い出させた。周平がこの世界に入るきかっけを作った女。

それがどういうことか、想像することは簡単だった。『愛し合った』からこそ周平は極道社会へ転落し、色事師としてシノギ始めた。そこにどんなドラマがあったのか、なぜと思うたびに佐和紀は思考を停止させた。バカだからわからないと、自分に繰り返し言い聞かせる。

愛人の一人だったユウキにケンカを売られたときとは根本的なことが違っていた。嫉妬ではない不安に胸を搔き乱されることから逃げたいのは、由紀子が女だからだ。

愛されて当然の存在。その彼女が周平の胸に残した傷を想像したくなかった。

値踏みを終えた由紀子は毒にも薬にもならない会話を始める。

物静かに返答する佐和紀に、向こうの警戒心もほぐれたのだろう。出すか出すまいか迷っているようだった敵対心らしき鋭さもなりを潜めた。

やがて会長がビール瓶を片手に近づいてきて、その場を譲るように由紀子は立ち上がった。周平との関係を微塵も感じさせないのに、女装を見たがった本心を探ろうとしていた佐和紀は目をそらした。裏を読もうなんて無駄なことだと、すぐに気がつく。

曲がりなりにも会長の妻だ。しっぽを出しながら歩くわけがない。

会長との会話が終わると、次は幹部たちが入れ替わり立ち替わり、周平にビールを持ってくる。佐和紀はほどほどで免除されたが、周平は言われるままにビールを飲み干していた。二順目でそれが日本酒に代わっても、水のようにくいっと杯を空にする顔色は変わらない。

酒の強さは同等なのに、どうして夜の方には歴然とした差が出るのか。暇を持て余した佐和紀はどうでもいいことを考えてみる。

人形のようにおとなしく座っていることだけが仕事だから、やることもない。あくびが出そうなぐらい暇になってきて、自分の膳に並んだ料理に箸をつけた。だしの利いた薄味は、胃の奥へ沁みこむようにおいしい。気づいた周平が、膳の端に置いた猪口に日本酒を注いでくれる。

何も言わずに刺身を口に運び、透明の酒をくっと引っかけた。爽やかな辛口の舌ざわりに幸福感が募り、自然とため息が漏れる。

女装をして付き添うだけとはいえ、自分が所属する組以外の幹部たちが集まる席は初めてだ。張り詰めていた緊張感がアルコールでゆるみ、佐和紀はいつもの癖で衿をしごきながら視線をあげた。上座でこちら向きに座っている桜川会長と目が合う。

恰幅(かっぷく)のいい男だ。浅黒い顔には多くのシワが刻まれていて、一番深いのは眉間(みけん)のシワだ。ツヤのいい肌と精気に満ちたまなざしから大所帯を率いる貫禄が感じられる。

普段は将棋仲間の大滝組長を思い出し、佐和紀は視線を伏せた。体格は正反対だが、貫禄は変わらない。粗雑さが隠せない桜川会長に比べれば、大滝組長の方がもう少し繊細さを持ち合わせていると思うのは『亭主の親』に対する欲目だろうか。

「おとなしく人形の真似(まね)してろよ」

隣に座る佐和紀を眺めに来る幹部たちが途切れず、相手をするのに疲れた周平はトイレに行くと言って立ち上がった。

佐和紀はこっそりと周平の膳から茶碗蒸し(ちゃわんむし)をかすめる。そこへ狙いすましたように桜川がやってきたが、佐和紀はおとなしい男嫁の振りで言葉数少なく対応した。

チンピラ生活の中では口より先に手が出る佐和紀でも、ホステス時代はそこそこの頭脳戦を繰り広げてきた。手を出せば負ける。そういうケンカがあることも知っている。

妙に懐かしい気分を味わいながら、日本酒を勧められて杯を受けた。こちらからは酌をしないのも作戦だ。桜川はにやりと笑って手酌をした。

ここで腰の低さを見せれば、『対象』として舐められる。客から金を引き出すにはほどよく逃げ回ることも必要で、初めは仕事でしかたなく相手をしていると振舞うのが佐和紀のやり方だった。

　ここでホステスごっこをやるつもりはないが、周平の貞淑な妻としても、おいそれと他の男に酌はできない。妻、という言葉に、女装姿を見ても態度の変わらなかった周平を思い出す。

　綺麗だとか似合うとか、そんなことは言わず、ただ着物を褒められて恥ずかしかった。そっけなさの裏に、綺麗なのは当然と感じているのが透けて見えたからだ。

　酒のせいではなく熱い頬を、そっと押さえる。一呼吸置いた佐和紀は、由紀子の姿が消えていることに気がついた。周平を追っていったのか、周平が追っていったのか。

　廊下を振り返りたくなったが、そうしたところで二人が見えるわけでもない。

　あきらめて、桜川に目を向けた。

「京都の味は、舌に合いますやろか」

　問われて、「はい」と静かにうなずく。

「そうか。それはよかった。……どうです。もし、よかったら、芸舞妓に踊らせましょ。話のタネに見て帰ってください。きみ香、『祇園小唄』やってくれんか」

　手近な芸妓が袖を引かれ、快諾して立ち上がる。三味線が広間に響いた。

「ふざけて女装なんか頼まんかったらよかったなぁ。普段は化粧してはらんのでしょう」

桜川は素顔を見たいと言いたげに、また酒をあおる。

「男ですから、しませんよ。でも、着物で暮らしてます」

「ほぅ……」

目を細めて、息をつく。そうすれば普段の姿が透けて見えるかのような桜川の仕草が可笑しい。

佐和紀が思わず笑うと、向こうもつられたように笑顔になった。

「会長さんは、こっちのご趣味はないと聞いていますが」

「そうやなぁ。なかったんやけどなぁ。あんたみたいな男はめったにおらんやろう」

「珍獣みたいですね」

なおも演技を続けて、静かに微笑む。少しだけ、男がいい気分になる視線を向けてやる。昔ならこれでボトルの一本や二本は、即金で入れてくれたものだ。客がツケにしないことでも、佐和紀は店から重宝されるホステスだった。

「その目ぇは、他のもんには悪影響や。この座敷ん中では俺だけにな、してくれや」

佐和紀は手元のとっくりの首を摘まんだ。周囲の視線を集めたまま、

「会長さん」

わざと艶っぽく口にする。悪い癖が出た。酔っているのに、そばにいない周平が悪い。

それに、由紀子の姿が見えないことも。

「泡の入ってる日本酒が飲んでみたいんですが、頼めませんか」

しなを作る一歩手前の物言いに、座敷のどこかから、ビールを倒したと騒ぎが起こる。

手近な子分に発泡日本酒を探してこいと声をかけた桜川は、何をしようとしたのか、佐和紀に向かって伸ばしかけた手を、慌てて引っ込めた。


手洗いを済ませて廊下へ出た周平は、小さな庭を眺めるスペースに灰皿があることに気づいて足を止めた。酔い醒ましというほど飲んでもいないが、妙に酒が回った気がする。麻のジャケットからタバコを取り出して火をつけた。煙を深く吸い込み、肺の隅々まで行き渡らせる。昼前に財前に会い、その後、長く関係してきた女との付き合いを清算した。京都に来ることがあれば呼び出す。それだけの付き合いだったが、この道に入った頃からの関係を電話で簡単に終わらせては後味が悪い。いろいろと迷惑をかけた過去もある。十歳近く年上の女は手切れ金を静かに引き寄せた。その手に浮いた青い血管と、震えていた指先が脳裏によぎる。

結婚することを自分から伝えた相手はいない。だから彼女にも青天の霹靂だっただろう。数年で解消するはずの夫婦関係を続ける気になったことより、こんなにも『本気』でいることが不思議だ。自然と頬がゆるみ、片手をパンツのポケットに突っ込んで笑う。

いつもより酔っているのは、佐和紀を隣に置いていたせいだ。周りの度肝を抜くほど綺麗な男を連れていることに自己顕示欲が満たされる。

佐和紀の女装は、基本的にどこも変わっていない。化粧で少し目鼻立ちがはっきりとして、帯の太さと位置が変わり、肩のラインが柔らかく見えるだけなのにあっさりと女に見えた。決め手は外見よりも、ホステス時代に覚えた身のこなしだろう。がさつなところのあるわりには、平然と女のように振舞う。思い切りのいい性格であることが、ここでもよくわかった。

もし、ホステスをしている佐和紀と出会っていたらどうなっていただろうかと想像しながら、周平は二階の座敷から聞こえてくる喧騒（けんそう）に耳を傾けた。庭へ視線を流す。

東山を一望するガラス窓の前に佇（たたず）んだ佐和紀は、かける言葉がすぐには見つからないほど周平の好みだった。近寄る人間を選ぶ美貌（びぼう）と、その容姿ゆえの孤独を甘受している憂い。魅力を自覚している尊大さと、裏腹に持て余している繊細さ。着物も、着付け方も、人目を引く顔と絶妙のバランスを保ち、佐和紀を夜の女ではなく一人の初々しい新妻に仕立て上げていた。

そのあどけない色っぽさが、周平の心を掻き乱すから恐ろしい。その印象を狙って着物を選んだのだろう京子は、もしかすると周平以上に佐和紀を理解しているのかもしれない。

そして、由紀子という女のあくどさを知っているからこそ、佐和紀の繊細さを前面に押し出す作戦を取ったのだろう。そのあたりも、さすがに抜け目がない。

「落ち着かないけどな……」

闇(やみ)につぶやきを溶け込ませた周平は、人の近づく気配を察して顔をあげた。

「あら、岩下さん。こちらにいらしたの」

アップにまとめた髪に指を添えた由紀子が微笑んだ。

後を追ってきたくせに、しらじらしい。

「まだ、半分も吸っていないわ」

タバコを消そうとした手を、力強く握られる。周平は視線を向けずに答えた。

「長く席をはずしましたから、そろそろ戻ります」

「うちの人は佐和紀さんがお相手してくれているでしょう」

「なおさら、戻らないと」

心配なのは、桜川の方だ。佐和紀の暴れ方は、何も大立ち回りだけとは限らない。

「あの嫁を、ずいぶんとかわいがっているようね」

女装に隠された本性を知らない由紀子は、あからさまに不機嫌だ。

「もう二度と人を好きにならないと思ったけど、男は別だったの?」

「女は自分が最後だと思ってるなら、つくづくめでたいな」

由紀子が摑んでいる自分の手から、火のついたタバコを抜き取る。口にくわえてから、まとわりつく指を剥いだ。

「あの子、女を知ってるのかしら？　あんな女そのものの顔で……」

悋気をみなぎらせた由紀子は昔のままだ。向かい合っているだけで吐き気がしそうな昏い欲望を隠そうともせず、会うたびに周平の古傷をこじ開けて塩をすり込む。

「あれは女装だろ。毎日、あんな格好をさせているわけがない」

周平は鼻で笑った。

「からかうつもりなら、やめておけよ」

弱みを探ろうとしている由紀子は、蛇が這い回るように気味が悪い。

「あなたが許さない？　いい顔になったわ。あの頃が嘘のようよ。絶望で死ぬんじゃないかと思ったこともあったけど、やっぱり、そんなことはなかったわね」

ささやきながら、指が伸びてくる。周平の人生に絡みつき、悲鳴をあげるほどに締め上げてきた女の指だ。

「私、今でもあの頃の夢を見るわ」

あご先をそっと撫でた指先は冷たい。由紀子の言葉に、周平は小さく息を吐いた。冷笑して、指を手のひらで遠ざける。

「私が結婚を決めたときのあなたの顔。財前に売ったときの目。……ヤクザになったときの、荒んだ表情も。全部、いい思い出だわ」

まるで子どもの頃の宝物でも眺めるように由紀子はうっとりと微笑む。周平にとっては地を這い回るほどの苦痛だったと知っているからこそ、貶めて辱めるために蒸し返す。生きている限り自分を苦しめ続けるだろう由紀子を殺したいと思ったこともある。でも考えているだけで終わった。

愛しているという錯覚から抜け出したことも理由のひとつだが、大滝組の構成員としての活動が始まり、桜河会の後妻に手を出せない事情も大きかった。

「おまえだけが覚えていればいい。捨てた過去の吹き溜まりにいろよ。惚れた過去も、現実だ」

すべての主導権を由紀子が握っていた頃もあったが、いつまでもそうはいかない。周平も場数を踏み、修羅場を越えてきた。一人の極道者として、愛情も感じない女にいたぶられ続けていられるほど優しくもない。思うように傷つけられない憤りにかられている由紀子を見ると、周平は目をそらしたくなる。

人生を賭けて愛した事実が消せないからこそ、自分が溺れるほどのめり込んだ女が、力を失って年老いていくのは眺めているのも忍びない。

「おまえには俺の人生をくれてやっただろ」

「だから、嫁には手を出すなと言いたいのね」

「いや？」

周平は首を傾げて笑った。

「あれはおまえが思っているような、そんな男じゃないからなぁ。……まぁ、冷静になれよ。揉め事が起これば、俺かおまえ、どっちかが恥をかく」

それはつまり、大滝組か桜河会、どちらかが泥をかぶるということだ。

果たして、頭のてっぺんから足の爪の先まで女という性分でできている由紀子に理解できるかどうか、周平は内心ほくそ笑む気持ちで成り行きを見ていた。

それぐらいの余裕がなければ、佐和紀を京都に同行させたりはしない。

「さぁ、どうかしら。……思った以上に大切にしているみたいで、なんだか嬉しいわ」

「はっきり言わせたいなら言ってやる。佐和紀に手を出したら、今度こそおまえを殺す」

「私を？」

由紀子が嬉しそうに微笑んだ。

「できるかしら？　大滝組の若頭補佐さん。あなたが今背負っているものは、あの頃大事にしていた家族よりも重いの？　お母様も自殺が未遂でなければ気が楽だったでしょうに、ご苦労ばかりで大変ですこと」

「縁を切った人間のことは知らない」

その自殺未遂も、婚約破棄されたかわいそうな女を演じた由紀子が煽ったものだ。

「ねぇ、佐和紀さんへの気持ちは、持ち物への執着心？　それとも愛情から来る独占欲なの？」

柔らかな声が弾むように問いかけてくる。その答えによって、いたぶり方を考えると言わんばかりの楽しげな顔に、周平は憎しみも怒りも忘れて脱力した。

いまさら家族を侮辱されたぐらいで痛む胸はない。由紀子が佐和紀と張り合えるとも思わなかった。ただ子どもっぽい嫉妬をする佐和紀の胸の奥が掻き乱されてはたまらない。そう思う一方で、慣れない嫉妬に右往左往する佐和紀がかわいいのだから、始末に負えないのは自分だ。

「おまえには縁のない言葉だ」

タバコを消して、周平は由紀子の脇をすり抜けた。佐和紀への気持ちは、執着心でもあり独占欲でもある。そして、自分でも驚くほど純粋な保護欲だ。佐和紀がのびのびと跳ね回るのなら、それは自分の手のひらの上であって欲しいと思う、ささやかな欲望だった。

座敷が近づくにつれ、佐和紀を一人にしすぎたと後悔した周平は、襖を開けて足を止める。繰り広げられている賑やかな宴会を眺め、新しい後悔に苛まれた。

珍しい日本酒や焼酎を片っ端から飲んだ佐和紀は、それでも自分の足で階段を下りることができた。店の前に横付けされた迎えの車から谷山が降りてきて、後部座席のドアを開ける。運転席には石垣が座っていた。桜河会側は会長の桜川を筆頭に、幹部の半分が佐和紀に酔いつぶされ、宴会の途中で帰る体裁で抜けた二人を素面の由紀子だけが見送りに出てきていた。

周平が形式ばったお礼を述べると、由紀子もそれに応える。

「佐和紀さん」

にこやかな笑顔が周平を差し置いて、佐和紀へ向いた。

「組の話は妻の私たちには関係ないことですから、今度、お茶でもしましょう」

「時間がありましたら、是非」

社交辞令を返した佐和紀は、周平に肩を押されて後部座席へ乗り込んだ。車はすぐに動き出す。

「絶対に、誘いには乗るな」

暗い車内であくびをしながら、隣に座る周平を振り返る。

「組がどうこうって言うんじゃない。あの女は性質が悪いんだ」

乱暴な口調で言われ、佐和紀は逆らわなかった。うまく働かない頭で周平と由紀子のことを考え、二人が同時に席をはずしたとき、どんな話をしたのかを想像してみたが思い浮かばない。

浮気の可能性を否定したのは、別れ際の雰囲気が険悪だったからだ。宴会の初めには押し隠していたものが最後は漏れ出ていた。色事師同然の周平が、女と敵対関係にあることへの違和感を覚えながら、佐和紀は信号待ちで耐えきれずに視線を向ける。問いかけようとした、その瞬間、有無を言わさずに引き寄せられた。

「んっ……ふ」

耳を摑むように動く指の動きと、遠慮のない舌先の愛撫に息が上がった。酔いでけだるく熱い身体が、刺激を欲しがる。前の座席に舎弟の二人がいるとわかっていながら、たまらず応えて吸い返してしまう。覆いかぶさるように佐和紀を押さえつけた周平の指が熱い。

バックミラー越しに見えているとしても周平の後頭部だろうとあきらめた。

車はいつのまにか動き出していて、ひとしきりのキスの後で離れていく濡れたくちびるが名残惜しく、佐和紀は熱っぽい息をこぼしながら指先で追った。石垣と谷山から佐和紀を隠す周平の手が着物の裾を引き上げ、さすがにそれはヤバイと我に返る。摑まれた膝を固く閉じた。

「バカ、酔ってんのかよ……」

「口調が、チンピラに戻ってるぞ」

「うるさいよ。いつまでもお上品でいられるか」

両手で周平の胸を押し返した。元の位置に収まるのを確かめてから息をつく。

「やめてくださいね、車内で始めるのは。谷山さんは免疫ないんですから」

感情を最大限押し殺した声で石垣が言った。

「……いや、その」

はっきりとしない谷山の低い声に、隠せない戸惑いがまざまざと現れていて、佐和紀は冷や水を浴びせられたように凍りついた。

「いまさらだろ。夫婦がセックスして何が悪いんだ」

しらっと答える周平を睨みつけると、懲りない手のひらが太ももを撫でる。

「黙れよ。そんなことしてない」

キスだ。単なるキスだ。

「これからするだろ？」

「なっ……」

不覚にも盛大に赤面した佐和紀は、夜の車中で、しかも舎弟の二人からは見えないことも忘れてうつむいた。恥ずかしくて顔があげられない。

その素直すぎる感情はアルコールのせいだが、酔っている佐和紀に自覚はなかった。

「アニキ。姐さんをからかわないでください」

「誰がかわいい嫁をからかうかよ。かわいがってんだ。なぁ、佐和紀。俺にかわいがられるよな？」

「……酔っ払い！」

太ももに乗った手を払いのけて、闇雲に周平の肩を叩いた。その手をあっさり摑まえられる。

「そうか。おまえはイヤなんだな……」

「タモッ！　周平がおかしい！」

「あー。今日はちょっと酔ってますね。酔うとそうなります」

「違うだろ。酔ったフリしてるんだろ」

抱き寄せようとしてくる周平を何度も押し返す。そのたびに引き寄せられる。

「やめろよ。やめろって……」

「おまえなー、桜川はホモ嫌いで有名だって知ってたか」

ついに抱き寄せられ、周平の肩に頬がぶつかる。

「おまえが変に気にすると困るから前情報は入れなかったけど、なんだかなぁ。やってくれるよ」

「まさか、殴ってないですよね⁉」

「振り返るなッ」

ハンドルを握ったままの石垣に、佐和紀は声をあげる。

「殴るわけないだろ！」

「まだその方がかわいげあるよ……。谷山、おまえ覚悟しとけよ。桜河会の連中にからかわれるぞ」

「な、なんでですか」

仕事での付き合いがある谷山はおそるおそる振り返った。

「さしずめ核弾頭ってところだな、佐和紀。京都での、おまえの『通り名』が決まったも同然だ」

周平がにやにや笑う。佐和紀は手を握られたまま身体を離した。

「まんまと、たらしこんだよなぁ？　核が落ちたぐらい衝撃的だって、幹部連中が口を揃えてたからな。あの桜川が男相手に鼻の下伸ばして、挙句に酔いつぶされたんだ。佐和紀が間に立てば、桜河会は正式にうちの傘下に入るかもな」

「もー、いいだろ。たいしたことじゃないんだから」

眉をひそめて佐和紀はそっぽを向いた。

「いや、たいしたことですよ。姐さん」

谷山が興奮したように言う。

「今回の会食は、要は『男の嫁』をからかいのネタにするというのが、向こうの目的だったわけです。こっちもそれを承知で乗ったんです。そうすれば、関西でも大滝組の内部抗争はないということが周知の事実になって都合がいいので」

「からかわれるはずが、惚れられてたってことだ。……俺がいない間に、何をしてた」

指であごを摑まれ、佐和紀は首を振って逃れる。

「おまえこそ」

視線を投げると、軽く笑ってごまかされた。

単なる『男の嫁』じゃなくなってきたのかもな、佐和紀」

「……いいよ、俺はそれで」

ぽつりとつぶやいた。

「今頃、桜河会の連中は俺に抱かれるおまえを想像して、悶々としてるだろうな」

「そういうことは、頭の中で考えろよ。言葉に出すな。俺に言うな」

「おまえらも想像するなよ。殺すからな」

周平はドスの利いた声で前の二人を脅す。谷山は黙り込んだが、石垣が大きくため息を返した。

「じゃあ、想像させるようなことをしないでください。こっちは一人身なんですから」

車はようやくホテルのエントランスに滑り込んだ。


「佐和紀。おまえな、桜川の嫁だけじゃなくて、桜川とも一人では会うなよ」

ホテルの部屋へ入った周平は、ソファーにジャケットを投げ捨てた。

テーブルの上に置かれた花瓶に、手では抱えられないほどの芍薬(しゃくやく)の花が活けられている。薄紫とピンク色が入り混じり、綺麗なグラデーションだ。

「また、こんな……」

そばに寄った佐和紀に、周平がメッセージカードを差し出してきた。

「俺じゃない。……やるなぁ、あのオヤジも」

『今夜の疲れが残りませんように』と印刷されたメッセージの下に、桜川芳弘と直筆のサインが入っている。笑った周平がカードを取り上げ、ゴミ箱に捨てた。

「花に罪はないから」

すかさず声をかけた佐和紀を、不満そうに見て大股(おおまた)で近づいてくる。

「他の男が送ってきた花を前に抱かれたいわけか」

「ベッドからは見えないだろ」

戸惑わずに答えると、周平は笑いながら佐和紀の腰に手をまわす。

「じゃあ代わりに、化粧は落とさないでいろよ」

「口紅、塗り直してやろうか」

佐和紀はわざとらしく顔を覗き込む。

「じゅうぶんに色は残ってる」

周平は肩をすくめ、そっと顔を近づけてきた。

逃げずにいると、くちびるをついばまれる。

「おまえはこっちの方が……」

言いかけて佐和紀は言葉を飲み込んだ。周平の手が器用に帯締めをほどく。

「おまえは化粧をしても、あんまり変わってない。色っぽさは増してるけどな」

「……別人みたいだって言われた方がいい……」

帯は自分で解いて、ソファーの背にかけた。着物も脱ぐと、周平がクローゼットから取ってきてくれた和装用のハンガーにかける。

「所帯じみてていいな。夫婦って感じがする」

やりとりの流れの中で周平が言った。薄い水色の長襦袢姿になると、いつもの姿とたいして変わりがないように思いながら、佐和紀は投げたままのジャケットも別のハンガーにかけておく。

「明日、クリーニングに出しておいてくれ」

ネクタイをはずしながら周平が窓辺に寄ってカーテンを閉める。

「なぁ、佐和紀。別人みたいだって言ったら、女みたいに乱れてみせるか?」

「どうかな……」

近づいてくる周平を前に、ベッドのそばに立った佐和紀は伊達締め(だてじ)を解く。長襦袢を脱ぐ前に、その下の肌襦袢の紐をほどいた。

「下着はステテコか」

「女ものでもつけてると思ったとか？」

「いや、それはないけどな」

笑いながら、周平も服を脱いだ。まるで身体に貼りつくシャツのような刺青姿でベッドサイドのコントロールボードをいじる。ソファーのある部屋だけ明かりを残し、ベッド周りが薄暗くなる。

「裸に長襦袢着直して、こっちに来いよ」

「……めんどくさいな」

「貞淑な妻の演技はどこに行った？」

「そんなもの、元からないだろ」

それでもリクエスト通り、ステテコも脱いで素肌に襦袢を羽織った。軽く腰回りを紐で結ぶ。冬物と違って、夏の襦袢は生地が薄くて頼りない。ベッドであぐらをかく周平のそばに座った。

「周平……さん……」

わざといたずらにしなを作ってみせたのは、酔いがまだわずかに残っているからだ。

ふっと笑みをこぼした周平が、手のひらで佐和紀の片頬を包む。

「自分がこんなにヤキモチ焼きだとは思わなかった」

そう言われ、くちびるが柔らかく触れ合った。

周平の言葉に、伏せていたまつげをあげて顔を覗き込む。想像していたのとは違う穏やかな視線を向けられ、思わず惚けた。くちびるを吸われ、甘い痺れが背中に広がる。足を斜めに崩したまま、目を閉じてキスを受けると身体が敏感になり、怖くなって薄くまぶたを開いた。

周平の手に、襦袢の裾を乱される。

「い、やっ……」

ぞくりと震えて、身を揉んだ。足を撫でられ、息があがり、肌が粟立つ。

「あなた、って呼んでみろよ」

耳元でささやかれ、くすぐったさに肩をすくめながら睨んだ。

「……バカだろ。さっきのでサービスは済んでる」

「あっけないサービスだな。どうせなら、もっといやらしい言葉を言えよ」

「……どんな」

眉をひそめて尋ねると、周平がこそこそと耳打ちしてくる。低くかすれた色気のある声がとんでもないことを言い、佐和紀は身を引いて叫んだ。

「無理！」

「言えるだろ」

「そんなわけないッ。おまえ、そういうことばっかり考えてるだろ。ヘンタイ、ゴト師！」

もがく身体を抱きしめられ、ベッドへ誘われる。

腰紐をほどいた手が、襦袢を左右に開いた。衣擦れの感触が素肌にもどかしい。

「好きな相手を乱れさせたいって思うのは、ごく普通のことだ。おまえだって平然と腰を振ってる俺より、額に汗して必死に動かれてる方がイイだろ？」

指先が喉元から胸の間を通ってヘソまで一直線に移動する。息を呑んだ佐和紀は、その先を期待してしまう自分の身体に気づいて顔をそむけた。まるでコントロールが効かない。

反応して起き上がっているそこを周平は見ているはずだ。

「イイみたいだな。じゃあ、無言で抱いてる俺と、ささやいてる俺ならどっちがいい」

「……黙ってろ」

ここでささやいて欲しいと言えるなら、耳元で教えられた言葉も簡単に口にできる。

「わかった。じゃあ、黙っててやるよ」

小さな息を吐いて、周平は指で下腹部の柔らかな毛並みを乱した。

「んっ」

指が起き上がっている佐和紀に絡む。

「あっ……はっ」

力強く揉むようにしごかれると、そこはぐんぐんと成長した。

アルコールで反応が鈍っているはずなのに、理性のタガも一緒にゆるんでいるから、普段は秘めている欲望があからさまに顔を出す。周平の手の動きを追うように腰を浮き上がらせながら、腕で顔を覆った。いつもならぶつかる眼鏡がない。腕の隙間から視線を向けると、股間の反応を眺めながら手を動かす周平の顔が見えた。

いつもはぼやけている視界の明瞭さに、握られているものが跳ねる。

「酔ってるんだな。まだ柔らかい」

笑っている表情も、はっきりと見える。胸の鼓動が急に速くなり、佐和紀は顔を隠しながら大きく息を吸い込んだ。竿の先端を指の腹でいじられ、根元の袋を柔らかく揉まれた。

「んっ、ふ……」

やり過ごしがたい快感に逆らって手を伸ばす。色鮮やかな絵柄に触れると、人肌の熱さを指に感じる。それが素肌だと実感した。

背中で唐獅子が遊ぶ刺青は、前から見ると牡丹の花がメインだ。左の胸筋を覆う地模様の上は、咲き切った満開の牡丹が今にも花びらを舞い落とそうとしている。

指先を滑らせると、襦袢の滑り落ちた肩に吸いつかれた。あご先をそらしながら、頭を手のひらで抱き寄せる。くちびるで鎖骨を吸われ、舌先でうなじをなぞられ、かすかに震えながら身をよじった。快感の滲む吐息が甘く濡れていやらしい。

「おまえさ、俺の女になれって言ったよな」

ふいに笑いがこみあげた。初夜のときのことだ。

「……口紅、つけてた方がよかったって言ったんだった……」

だからさっき、化粧を直そうかと聞きたくなったのだと腑に落ちる。

「忘れた。そんなこと」

周平のくちびるが佐和紀の頬をかすめ、くちびるがついばまれた。佐和紀は指先で周平のうなじをいじりながらキスを返した。舌が絡み、お互いの乱れた息も絡み合う。

「忘れるなよ……」

佐和紀にとっては初めての夜だった。結果的に未遂だったとはいえ、あのときに感じていた先行きの心細さは忘れがたいものがある。

「惚れる前のことだ」

「俺は……」

動きを止めて見つめてくる相手を睨んだ。

簡単に片付けないで欲しかった。周平には数多くこなした遊びのうちの一回に過ぎなくても、佐和紀にとってはそうじゃない。自分の組長のために差し出せるものはひとつしかないと、決死の覚悟で挑んだことだ。たかだかセックスと、安く見られたくない。

「……おまえだって、あのときは組のためにしてたことだろ？」

「ダメなのか。それが」

「そういう話じゃない。俺だって、おまえのことをよく知ってれば、あんな夜にはしなかった。今なら、プライドを踏みにじるようなやり方はしないって言ってるんだよ」

「別に、プライドなんて……」

「ないとか言うなよ？　俺が大事にしてやってるのに」

「大事って……なに、それ」

「さっき教えたみたいなことを言わせて、恥ずかしい格好で死ぬほど感じさせたいけど、おまえのために我慢してるって話だ」

「また、そういうことを言うだろ」

本気に聞こえない。あきれながら、周平の顔をまじまじと見た。同じ男なのに眉の形からしてまるで違う。頬のラインも周平は引き締まっていて精悍だ。

「俺が頭の中でやってることが見えたら、おまえは引くんだろうな」

周平の指に襦袢を脱がされる。素直に従い、裸になって向かい合った。広い肩幅をうらやましく思う一方で、自分の華奢(きゃしゃ)な身体を周平が好んでくれるなら、それもいいと思う。

「そんなえげつないこと、考えるなよ」

「めくるめく、って言えよ。えげつなくはない」

周平は笑いながら、足の間に沈んでいく。

「まだ……」

慌てて引き止めると、指で乳首を弾かれた。両方を摘まれ、指の腹で転がされる。

「……いっ、た……い……」

胸にツンとした刺激が走り、逃れようと身を引いただけで別の感覚が芽吹き出す。

「しゃぶられるのが嫌か」

「……気分が……」

「俺の方はもうすっかりエロい気分だよ」

「しゃぶるのは、いい……いらない……」

首を振ると、乳首をいじる手を止めずに周平は息をつく。困っているのがわかる。

「舐めたいんだよ、佐和紀。まだ、わからないんだな。……感じてるおまえの全部を、自分の身体で確かめたいんだ」

「別に、挿れたらいいだろ……」

「子どもみたいなこと言うなよ」

小さな子どものイヤイヤを持て余すような目で、ぷくりと膨らんだ乳首を撫でられる。

「んっ……」

「俺のも舐めたくないって言われてるみたいで、癇に障るよな……」

ぼやきが耳に届き、佐和紀はおそるおそる顔をあげた。

「そういうわけじゃ、ない」

しゃぶるのも、しゃぶられるのも、ただ恥ずかしい。それだけだ。

「……酒を飲めば、別に」

「アルコールに逃げるな」

身体を起こそうとした腕を引き戻される。

「俺とのセックスは好きだろ？　でも、セックスってのは、挿入して出すだけじゃない。いい加減、わかってくれよ」

「わかってる」

そう答えると、周平は責めるような目になった。

「気持ちよくなってるだけでいいのに、何が嫌なんだ」

そう言いながら沈んでいく。佐和紀は落ち着かない気分で視線をそらし、敏感な部分にかかる息の熱さに腰を引いた。摑まえられて戻される。

「周平……。音が……嫌だ……」

根元から舐め上げ、水音を響かせていた周平がくちびるを離した。

「ん？　少しは慣れたと思ったのにな……」

そう言うなり、わざとジュルッと音をさせて先端を吸い上げる。

「バ、カッ……ん、ふっ。あっ……ぁ……」

恥ずかしいと一度思えば、そう簡単には逃れられない。佐和紀は全身を火照らせながら、足の間で音を響かせる周平を恨めしく思った。でも、感じてしまう。

嫌がりながらそれを求めている事実を突きつけられて、のけぞりながら腕で顔を覆った。

「んっ……、んっ」

くちびるのすぼまりがリズミカルに動き、敏感なカリ裏をこするたびに腰が揺れる。閉じた目の裏でチカチカと光が点滅して、立てた膝がしどけなく開いた。

セックスは嫌いじゃない。始まればそれなりに乱れもする。欲しいという感覚も理解している。でも、積極的になるのは困難だ。幼稚なのは百も承知だった。

「あっ、はぁっ……ぁ……っ」

熱が腰に集中して、頭が働かなくなる。周平のくちびるが根元から先端へと動くたびに腰が小さく跳ね、佐和紀は震える息を何度も吐き出した。

「ベッドカバーを剝ぐから、ちょっと下りろ」

思い出したように腕を引かれる。激しい快感から解放されて、ほっとしながらベッドを下りると、周平がきっちりとベッドメイクしてあるカバーを力強く剝いだ。

「佐和紀」

立ったままで手を摑まれ、周平の股間へ持っていかれる。昂ぶりの硬さに思わず視線を向けた。

形のいい太い象徴は反り返り、佐和紀の手の中で脈打つ。そこだけ別の生き物のようだ。

「どうにかしたいと思わないのか？」

そう聞かれて泣きたい気分になった。実際に目が潤んだのか、周平が小さく息をついて顔を覗き込んでくる。

「どうにかって……おまえがもっと気持ちよくなればいいって、そう思うこと？」

そっと、手で握りしめた。それぐらいはなんてこともない。

「思ってるんだな」

「俺だって、自分だけがよければいいわけじゃない」

くちびるを引き結んで周平を睨んだ。

「どうして泣くんだ」

「酔ってるからだよ！」

叫ぶように答える。

「怖いのか……。何が怖い？」

「……下手、だし」

「俺が萎えるかどうか、やってみればいい」

周平はベッドの端に腰かけると、足の間に枕を投げた。膝をつくように促され、佐和紀は従う。

目の前に立派すぎるものがそそり立ち、思わず喉が鳴る。何度も触れてきたから、手でしごくことに恥ずかしさはない。でも、口でするのは未遂に終わった初夜以来だ。

「嫌ならしなくてもいい」

髪を撫でられ、佐和紀は目を伏せた。じっと自分の心の淵を覗き込む。嫌ではない。

「おまえを泣かせたいけど、こういうことじゃない」

静かに笑う周平の声が降ってくる。慣れた手管を使えば、佐和紀の口に突っ込むことぐらい造作ないだろう。

それをしない我慢強さに気づいて、佐和紀の胸の奥が湿っぽく疼いた。

両手で包み込んで先端にくちびるを寄せる。触れるか触れないかのうちに、手の中の熱が跳ねた。また硬さが増し、それだけで気持ちがいいのだとわかる。嫌悪感も羞恥も忘れて佐和紀は夢中になった。

周平の指が髪に潜り込んでくる。

「佐和紀……」

手でするのとも身体に受け入れるのとも違う。相手の反応がダイレクトに伝わってくる感覚をもっと感じたくて、佐和紀はくちびるを開いて先端を食んだ。舌先を痺れさせる先端の苦味が、やがて甘い先走りの味に変わっていく。

「くっ……」

聞こえた呻きに、視線をあげると、

「……気持ちいいよ。わかるだろ」

額の髪を掻き上げられた。眩しそうに細めた目で見下ろされる。

先端をくわえたままうなずくと、周平は苦しそうに息を吐いた。

「おまえが女だったら、我慢できてないな……。くっ……」

言い方が嫌で、佐和紀は思いきり吸いつき、上目遣いに睨んでくちびるを離した。

「……女なら遠慮なくヤリまくってる。そうじゃないから、こうやって、懇切丁寧に仕込んでるんだろう。女だったらいいなんて、一言も言ってないぞ。俺は」

立ち上がった腰を抱き寄せられ、臀部の肉を掴まれる。

感触を確かめるように揉みしだかれた後、指に間を探られた。片足をベッドに上げて、佐和紀は上半身を周平へと委ねる。

「この面倒な身体がいいんだ。狭くて……」

昨日の夜に開かれたばかりの場所は、何度か指の先端が出入りすると道を開いた。それでもめいっぱいの圧迫を感じて、佐和紀は眉をひそめる。

忙しい周平に二日続けて抱かれるのは珍しい。身体の奥に潜んでいた残り火がチラチラと燃え始め、佐和紀はけだるい呼吸を繰り返した。長く太い指に入り口を刺激され、

「あっ……」

ぐるりと掻き回された。快感を引き出された場所が収縮する。

「俺のをしゃぶってみて、どうだった」

そんなことを聞くなと言ってやりたかったが、佐和紀は肩にすがりつきながら素直に答えた。

「嫌じゃなかった」

「俺をかわいがるのも悪くはないだろ」

「……気持ち悪いこと言うなよ」

内壁を探る指に焦燥感を覚える。身体の奥に灯った火が、次第に大きくなっていく。

「さぁ、奥さん。そろそろ、本番といこうか」

指を引き抜いた周平に抱かれ、そのままベッドへ転がされた。

キスを交わして、もつれ合う。

「欲しいか、佐和紀」

のしかかってくる男を見上げた。足はもう開かされている。互いの昂ぶりの先端が触れ合うことさえもどかしく、佐和紀はシーツに腕を滑らせながら目を細めた。

「欲しい」

はっきりと答え、手を伸ばして腰に位置を合わせる。周平が前のめりに押し入ってくる。

「んっ……」

　呼吸を合わせて腰を上げた。息を吐くと、ずるりと奥まで入ってくる。鈍い衝撃に襲われ、声をこらえて身悶（みもだ）えた。指先が触れた枕カバーの端を、力いっぱい摑む。

「あぁっ……！　ん、んっ……あっ」

　根元まで入っていなくても、周平の立派すぎるものは苦しいぐらい奥をかすめた。膨らんだ亀頭がゴリゴリと内壁をこすり、そのたびに佐和紀は目眩（めまい）を感じて喘ぐ。

　気持ちよさが痛みになり、それがせつなさに変わって、気がおかしくなりそうなほど頭が痺れる。

「んっ……いっ……。……はぁっ」

　大きくのけぞると、胸を吸い上げた周平が身体を起こした。立てた膝を左右に開かれる。

「……見るなっ」

「嫁の身悶える姿を見るのは、旦那の特権だろ。……腰が動いてるな……」

　周平は嬉しそうにつぶやく。好色な目で見られているのに、それがいっそう快感を煽ってくる。

　くちびるを嚙んで動きをこらえると、

「止めるな。動かせよ」

　周平は笑みを浮かべた。精悍な顔立ちから滲み出た男っぽさに色気がある。

「その方が俺は気持ちがいい」

そう言って佐和紀の膝に手を置き、ゆっくりと腰を引く。

抜けてしまう寸前の場所で出し入れしたかと思うと、ゆっくりと奥へ戻ってくる。

「あっ、はっ……。あぁ、あっ……」

そのじっくりとした動きに、思う以上に長いものが入っている気がした。

「なぁ、佐和紀。セックスってのは、片手間にもできる。突っ込んで、出すものを出せばいい」

また静かに押し込まれ、佐和紀は震える声を途切れさせながら胸をそらす。

「でも、それだけじゃないだろ」

甘い刺激が腰を蕩(とろ)けさせるようだ。そうしようとしなくても、逃げていく快感を求めると腰は揺れる。

「ん、んっ……」

鼻で甘ったるく息を吐き、佐和紀は目をすがめた。

「痛いか、佐和紀」

首を左右に振る。痛みはなかった。

「そうだろうな。めいっぱい広がって俺を飲み込んでる。抜くと……」

言いながら腰を引く。

「肉がついてくる。入れる時もだ」

「……んっ」

押し込まれて、佐和紀は背をそらした。

「あぁっ」

声が漏れる。自分では見えないその場所の動きを言われると、感じていることをさらに自覚して快感が増す。周平が見ていると思うだけで、身体が熱くなり汗が滲んだ。

「やっ、……だめッ」

ゆっくりと奥へ忍び込んできた性器が、いつもより先へ進んだ。まだ開かれたことのない場所に切っ先がねじ込まれ、佐和紀は驚いて身をすくめた。

「大丈夫だ。気持ちよくなるから……」

優しい素振りの声に懐柔され、足をさらに開かされる。

「ま、まだ……？」

ぐいっぐいっとリズミカルに突かれるたびに、脳天まで響くような鈍い痛みが走る。

「まだ、だ」

眼鏡をかけたままの周平は、眉間に深いシワを寄せて息をつく。

「持って、いかれそうだな……。ねじ込んだ瞬間、搾り出されたらシャレにならない」

笑いながら、佐和紀のモノを手でしごいた。

「んっ……ふぅ。……俺、自信が……」

周平の肩に手を当てながら、佐和紀は弱音を吐く。今までの深さでも気持ちよくなれていたのに、周平がさらに奥を穿つたび、もっと奥に、何度も、と求めてしまう心がある。

「間違いなく天国行きだから、心配するなよ」

そう言って大きく息を吸い込んだ周平に膝の裏を掴まれた。ぐっと持ち上げられ、身体を二つに折り畳むように胸へと押しつけられる。

「いっ、た……ッ」

慣れない体勢の痛みだと思った。でも、すぐに、それとは違うとわかる。

二回、三回とピストン運動が繰り返された最後に、火花が散るような衝撃が走った。

「あ、あぁっ……！」

次の瞬間、佐和紀は短い浮遊感に襲われ、沈んだと思ったと同時に激しく身体を揺さぶられた。

「もうっ……！　待っ……。あ、あっ、……あッ！」

動きについていけず、シーツの上で身を揉むようにのけぞる。

「はっ……、あぁっ！」

息をつく暇もなく、身体の奥でジンジンと激しく火が燃えた。

滲んだ天井がグルグル回る。

甲高い声が自分の悲鳴だと気づいたとき、周平の腕に肩を強く押さえ込まれた。

「んんっ……！」

熱い液体が肌に降りかかり、直後、身体の中にも迸(ほとばし)りが溢れる。ほぼ同時に射精して、

「……っ」

放心しながら手を伸ばすと、周平の指に摑まれた。

「……もう、やっ……もッ……」

言葉にならない声で訴える。

「……あぁ……」

激しく息を繰り返す周平が声を漏らし、額と額を合わせてきた。佐和紀は、自分の奥歯がカチカチ鳴るのに気づいて、周平をすがるように見た。

「な、に……」

見つめ返してくる瞳が、いつもよりもずっと、眩しいものを見るように細くなる。愛(いと)おしげに頰を撫でられ、やっとまともな息が吸い込めた。

「いま、俺……」

自分の精液が飛び散っている身体に残る、激しい浮遊感には覚えがあった。でもそれは、少しずつ蓄積して高まり、最後に勢いよく解放される類(たぐい)のものだ。

「抜け、よ……」

達した後も出ていかない周平に疲れきった声で頼む。

「今は、やめておけ」

「なんだよ……」

悪態をついて身体を起こすと、

「……あっ」

自分のものじゃないような甘い声が漏れた。腰に重だるいせつなさが広がり、周平を納めたままの場所がきゅっと狭(せば)まる。

佐和紀は込みあげる絶頂感に気づいて動きを止めた。

眉をひそめた周平は真剣な顔だ。

「今の状態で、そのままもう一度やる勇気があるなら、俺はできるけど……」

「おまえが、動くから……」

震える声で佐和紀が責めると、周平は静かに首を振る。

「俺は押し込んだだけだ」

要するに、ねじ込まれた瞬間、周平の予告通り天国へ行ったのだ。

しかも、触られもせずに射精して、周平のことも無理やりイかせたのだろう。

「わかんなっ……。いいから、抜け……よ」

「待て、って」

無理に動こうとする身体を抱きしめられる。かすかな刺激でさえ、奥歯が震えるほど気持ちがよくて、佐和紀は思わず目の前の肩にすがりついた。

「おまえのっ、せいだ……」

「わかってる。悪かった。だから、ちょっと待てよ」

すぐに引くと言われても、頭の中がパニックになって我慢ができない。今すぐに身体を離したかった。恥ずかしさより何より、もう一度、あの感覚を味わうことが怖い。

自分の身体がコントロールからはずれる強烈な解放感だ。

「抜けって……。周平……」

睨むこともできず、ただ懇願するように見つめる。

「わかった」

周平がゆっくりと腰を抜く。一気に引き抜けないのは、抜こうとする動きに反応した佐和紀の身体が絞めるからだ。

「んっ、んんっ……」

完全に離れた後、強い喪失感がやってくる。身体に埋まっているものが抜け、それで落ち着くはずが、逆だった。予想していたのだろう周平が慰めるように重ねてくるくちびるへ貪るように吸いつき、佐和紀はたまらず身を寄せた。

「抜くのも……嫌ッ……」

泣けてくる。身体が疼いてたまらず、奥が質量を欲しがって焦れていた。

「指を入れて、もう一度抜いてやるから……それで収まるだろ」

「……無理ッ」

欲しいものはそんなものじゃない。下半身を近づけると、周平はもう硬くなっている。

「もう一回、挿れて。……これ」

瞳で誘う。指を絡めて自分であてがった。腰を押しつけるだけで、するりと入りそうだ。

「頼むから、その目で煽るな」

周平が覚悟を決めるように大きく息を吐き出した。

＊＊＊

無作法な女に朝から呼び出され、よく眠っている佐和紀の頬にキスしてラウンジへ下りたのが五分前。コーヒーでもと誘われたのを断って、柱の陰で用件を聞いた。

白いスーツを着た由紀子はクラッチバッグを小脇に抱え、タイトスカートから伸びた足はすらりと細い。でも、佐和紀の引き締まった脚に慣れた身には、以前ほどの魅力は感じられなかった。

「うちの人はずいぶんと上機嫌だったわよ。そちらの奥さんのおかげで」

「それはよかった。こっちも楽しかったみたいだ。ずいぶんと金を使わせたみたいで悪かったな」

本心ではないが嫌がらせで口にする。由紀子は鼻で笑って、長い髪を掻き上げた。

「財前を見つけ出したらしいわね」

呼び出された用件は想像通りだ。昨夜の会話で話題にならなかったのが不思議なぐらいだった。

「あの家に、隠しカメラでもつけてるのか」

「飼い犬の世話を欠かしていないだけよ」

「用件があるなら早く言えよ。俺は暇じゃない」

「佐和紀さんはまだ寝てるのね？　昨日はずいぶんとお楽しみだったんでしょう」

顔を覗き込まれ、周平は肩を揺らして笑う。その反応が意外だったのか、由紀子のこめかみがピクリと引きつった。

愛されるよりも、疎まれ憎まれることを望む女は、あからさまにしらけた顔であごをそらした。

「財前を貸してあげましょうか」

待ち構えていたような言葉だ。うかつに飛びつけば罠にかかる。

「金額は？」

「……さびしいことを言うのね。私とあなたの関係で」

赤いマニキュアの指が周平の胸元をなぞる。

その下には、女が彫らせた刺青が刻まれていた。

「久しぶりにセックスしましょうよ」

「浮気がバレると厄介だからな」

周平はうそぶいた。

「私をいたぶることができるのがベッドの上だけだと知ってるでしょう？」

「いたぶる、ねぇ……」

繰り返して息をつく。殺したいほど憎んできた由紀子とは、別れてからも何度か関係を持ってきた。本人が言う通り、ベッドの上では本性とは真逆に扱われることを喜んだ。というより、殺したいほど恨まれたいのだから、本性からしてマゾ気質に違いない。

「セックスは間に合ってる」

昨夜の佐和紀を思い出すだけで、顔がにやけてしまう自分のだらしなさを笑いながら、周平は服についたホコリを払うように女の指を払いのけた。

「足りてないように見えるか？　いまさらこんなにも満たされるとは思わなかった。人生はわからない」

「……財前が必要じゃないの？」

「警察の世話になる予定もないし、焦ってはないな」

「そうやって余裕を見せられると、すごくムカつくわ」

はっきりと食ってかかってきた由紀子の眉が吊り上がった。

「あなたが苦しむ姿が一番好きなの。幸せになって欲しいなんてね、一度も思ったことないわ」

「それは俺も一緒だ。よかったな。意見が一致して。ただ、俺の方は、おまえがどうなろうと興味はない」

「……どういうこと」

「もうじゅうぶんに楽しんだはずだろ？　もしも次があるなら、俺の番だ。もう興味はないけどな。今回は佐和紀を見せに来ただけだ。財前はもののついでだよ」

「あの子がそんなに好きなのね」

ひっそりと暗い笑みを浮かべる由紀子の考えていることは単純だ。

でも、佐和紀に手を出せば、それは二人だけの問題ではなくなる。若かった頃とは背負っているものが違うことに由紀子は気づいているのだろうか。

周平はカタギからヤクザになり、三下から出世してきた。一度も同じ場所にとどまったことはない。でも、由紀子は違う。桜川の妻になり、それきりだ。過去をほじくり返されたときチリチリと痛む周平の傷が、今では羞恥を誘う若気の至りでしかないことも知らないのだろう。

由紀子が何をしようと、佐和紀がその気になれば敵の数にも入らない。でも、覚えたての嫉妬心を煽られたとしたら、女狐相手にケンカができるだろうか。

由紀子を適当にあしらって別れ、柱の陰から出る。ラウンジの中に佐和紀の姿が見えた。石垣と谷山も一緒だ。テーブルにはコーヒーと朝食が並んでいる。近づくと、石垣の携帯電話を耳に押し当てた佐和紀が顔をあげた。涼しげな浴衣の首筋に昨夜の名残が赤く散っている。

数が多いなと思うと、周平はどうしても真顔になってしまう。そんなに躍起になって所有の印をつける必要があるのか、昨晩の自分の不埒(ふらち)さにあきれながら空席に座った。

「あ、周平が来たから代わる」

いきなり携帯電話を突き出される。石垣が驚いたように目を見開いた。

「え！　アニキに回すんですか！」

「誰？」

とりあえず受け取って聞くと、

「ユウキです」

石垣が肩を落として答えた。

「ユウキがどうして……。もしもし？」

電話に出ると、子犬のようなマシンガントークが朝っぱらから耳にうるさい。

「文句は後から石垣にかけ直せよ。お疲れ」

通話をあっさり切った。携帯電話を石垣に投げ返し、ウェイターにコーヒーを頼む。

「ユウキが何の用だったんだ」

ついこの前、佐和紀にケンカを売ったユウキは元愛人だ。といっても、仕事のために都合よくあしらってきたに過ぎない。皿の上のベーコンをフォークで丸めた佐和紀が顔をあげる。

「旦那が朝から女と逢引してたら、それは浮気かどうかって相談してたんだよ」

由紀子と会っているのを見られたと気づいたが、知らない振りをした。

「それはユウキにとっては迷惑な話だな」

会話の内容は聞いていないらしい。笑い飛ばすと、佐和紀に睨まれた。

「朝からわざわざ、何の話だって？」

「おまえには関係ない」

テーブルの上に不穏な空気が流れる。

「おまえが女と二人でいることが、関係ないのか。俺に」

「あの女は範疇外だよ。それに……」

周平は息を吐き出して居心地の悪そうな舎弟の二人を見た。かわいそうになったのは、ただでさえ昨日の余韻を残している佐和紀が、匂い立つような色気をダダ漏れにしているからだ。その上、嫉妬で濡れた瞳は罪だろう。

「他の女と寝てる暇なんてないことは、昨日の夜でわかったんじゃないのか」

「……ずるいよ、おまえ」

うつむいた佐和紀は拗ねたように息をつく。周平の視界の端で、コーヒーカップを持つ谷山の手が震えている。

「えーっと……」

石垣が耐えきれずに割って入ってきた。

「朝から濃厚すぎて、耐えられないんですが」

「終わったことまで聞きたいのか」

視線で石垣を黙らせた。うつむいた佐和紀は言葉を探して、ベーコンをフォークでつつき回している。由紀子との過去を耳打ちしたのは京子だろう。でも細かい事情は聞かされていないから、佐和紀は嫉妬するべきかどうかも決めかねているのだ。

「こいつらも、ユウキも、終わったことは過去だって言うんだ」

両脇に座る舎弟が揃って首を縦に振り、釈然としていない佐和紀だけが重い息を吐く。運ばれてきたコーヒーを前に、周平は目を細めた。不器用な佐和紀がかわいくてたまらなくなる。嫉妬するかどうかさえ悩むなんて、初心にも限度があるだろう。

「笑うな」

佐和紀が眉を吊り上げた。ついさっき、同じように怖い顔をした女を見たときはうんざりしたのに、それが佐和紀だと、いつまでも眺めていたくなるから始末に負えない。

「笑うななんて、無理だろ」

周平はコーヒーを一口飲んだ。

「俺は今しか見てない」

「……部屋に、戻っても……いい、ですか……」

石垣の声がどんどん小さくなる。

「この話は、またあらためてした方がいいな。佐和紀」

朝からする話でもなければ、佐和紀が簡単に納得する話でもない。

「それより、京子さんに電話しとけよ」

別れた愛人たちが口にしたら、女子高校生以下だと鼻で笑って捨て置くことも、佐和紀が相手だと真面目に対応してしまう自分が可笑しかった。放っておけば、また岡崎あたりにフラフラと頼りに行きかねないからどうしても目が離せない。

「ついでに弘一さんが昨日、家に帰ってきたか聞いとけ」

「どうして」

佐和紀が首を傾げる。

「それはおまえ……」

「まさか、見に来てはないでしょう」

答えようとした周平を遮るように、石垣が口を開いた。

ははっと笑って、顔を引きつらせる。

「あれ？　そうなんですか」

思わぬところで三人の視線を浴びた谷山がのけぞるように身を引いた。

「俺、昨日、ロビーで会いました、けど……。そういえば、変ですよね」

言葉が終わらないうちに、周平はポケットから携帯電話を取り出す。

岡崎に電話をかけた。

「今どこですか。昨日、来たんですか。ふざけないでくださいよ」

佐和紀がぽかんと口を開いている。

周平はまるで話にならない岡崎との電話を切って、居残り組の岡村にかけ直した。『やられました』と、申し訳なさそうに一言を告げた岡村も、朝になって知ったのだと言う。

テーブルに肘をついて頭を抱え、思わず唸り声をあげる。

「谷山、もう一人いただろ」

顔を向けると、気がつかなかったらしい谷山が、大きな失敗を犯したかと顔色を変えた。

「滞在一時間のために、あの人たちは……」

さすがの周平も冷静ではいられなかった。架空の会談をセッティングして時間を作り、女装した佐和紀を物見遊山に眺めに来たのは岡崎だけじゃない。よりにもよって、大滝組長もだった。

周平と谷山が仕事のために大阪へ出かけ、佐和紀は石垣と昼食に出かける前に京子へ電話をかけた。昨晩の成果を聞かれ、労をねぎらわれた。それからわざわざ佐和紀を見るためだけに、岡崎と大滝組長が日帰りしたと聞かされて驚く。でも、二人が京子からこっぴどく怒られているのを想像すると、情けないのと同時に笑いが込み上げてくる。義理の父親と娘婿は気が合うらしいが、京子の気苦労は相当のものだろう。

昼はラーメンを食べに出て、昨日助けた財前との約束のためにまっすぐホテルへ戻った。財前からフロントに連絡があり、自分が出入りしている呉服屋でお礼をしてから観光案内をしますという申し出だった。嫌なら断りますと石垣が報告に来たのを許可して、時間まではジュニアスイートの窓辺に椅子を並べた。小さく見える車が行き交うのを眺め、缶ビールを飲む。会食での出来事を笑いながら聞いていた石垣も、最後には周平に同情する顔になった。

「問題は起こしてない。誰も殴ってないのに」

佐和紀がぼやくと、殴るよりも手に負えないこともあると、部屋に飾られた芍薬の花を振り返りながら諭された。石垣は割にはっきりとモノを言う。最年長の岡村ほど気を使わないようになってきたとはいえ、三井ほど考えなしでもない。

　三人三様、それぞれの個性だ。

「あの花、高いんですよ」

「あぁ、そう」

「貧乏だったのに、金に頓着しないのはどうしてなんですか」

石垣の質問に、佐和紀は単純なことだと笑った。

「俺の金じゃない」

「……含蓄ありすぎなんです」

つぶやく石垣を振り向いた。言いたいことがよくわからない。金髪で悪ぶった格好をしていなければ好青年のはずの石垣は、ヤクザになるには優しすぎるような目を細めた。

「おまえさ、どうしてこの道に入ったんだ」

「犯罪者なんで」

「やり直しはいくらでもできる」

「俺をカタギにさせたいんですか」

「いぃや？　頭もいいのに、もったいないよ。おまえもシンも」

時代が悪いのだろうかと、思う。極道の世界でもトップに立つのは、周平たちのように学歴と常識を兼ね備えた人間が多い。自分のように頭の悪い、社会の下層で生きてきた人間には極道の世界も厳しかった。でも、そこでしか生きられないから流れ着くだけだ。

周平との結婚話が持ち上がったとき、最後の賭けだと思った。こんなバカげた足がかりでしか、チンピラには名をあげる場所もないのが今の時代だ。抗争が繰り広げられた昔とは違う。

「タカシはどうなんですか」

石垣は不満げだ。

「あれはおまえ、完全な俺側のチンピラだろ」

佐和紀は三井を思い出しながら、肩をすくめた。

くだらない話をしているうちに時間が来る。待ち合わせのロビーに現れた財前は、佐和紀に合わせましたと笑いながら、薄青の和服姿で頭をさげた。今日も顔色は青白くて、太陽の下を歩くこと自体が自殺行為に見える。でも本人はケロッとしていて、表情は昨日よりほがらかだった。

炎天下を避けてタクシーに乗り、間口の小さな呉服屋へ連れていかれる。紹介がなければ入るのを戸惑うほど昔ながらの京屋だ。土間があり、ちょうど腰かけるのにいい高さに番台があった。

出会ったときと同じ灰色のしじら織りの着物に、今日は紺色の紗(しゃ)の羽織を重ねている佐和紀は、財前が広げる反物を次々に眺めた。和服に関して知識のない石垣は横から覗き込んでいる。

財前の仕事は繊細で、思った以上に腕がある。佐和紀は迷うことなく、反物を選別した。遠慮なくほぼすべての反物を見せてもらい、お礼代わりにもらう反物は値の張らないものに決め、京子への土産には渋いトーンの虹色でアラベスクを描いた帯にする。

少しだけ値切り、送り先はこおろぎ組の事務所にした。表向きは今も土木業者だ。

購入されて恐縮した財前が着物と帯の仕立てを店に頼むと言い出し、店側も縫い手の鍛錬のために是非と乗り気になった。言われるままに採寸をして、袖丈などを相談する。

一息ついて店内を見回すと、暇を持て余していたのだろう石垣が若い女性店員に浴衣を勧められていた。すでに出来上がっているものの中から選んでいるのを見て、佐和紀は横から買い物を眺める。石垣は紺地に昇り鯉が白抜きされた柄に決めたらしい。

そんなところまで任侠映画に憧れる学生のようだ。佐和紀は内心で笑いながら帯を選んでやり、必死に断ろうとするのを半ば脅して、京子への土産物の支払いと一緒に周平のカードを切った。これも人の金だ。

潔く支払う前に、相場より少し高い浴衣に雪駄をつけさせた。

恐縮する石垣を着替えさせ、三人で店を出る。

「これで浮いている人間がいなくなったな」

浴衣姿の石垣を横目で見ながら佐和紀が言うと、

「三人揃って浮いてますから、ご心配なく」

そっけない言葉が返ってきた。まんざらでもないくせに素直じゃない。

「似合ってるよ。チンピラみたいで。ケンカ、売られんなよ」

「……俺に売られたケンカを、代わりに買わないでくださいね」

「さぁ、どうしよっかな」

「お礼をするつもりが、反対にお金を使わせてしまって、すいませんでした」

ふざける二人を可笑しそうに眺めた財前が、会話に入ってくる。

「あぁ。気にしないでいいから。姉への土産にちょうどよかった」

「ありがとうございます」

「……いいって。それより、タバコが吸いたいんだけど」

指を二本立ててタバコを吸うジェスチャーをする。

「じゃあ、喫茶店へ行きましょうか」

笑って歩き出した財前が、三歩も行かないうちに立ち止まった。店の前に紺色の高級車が停まる。ドアを開けて降りてきた女が財前の名前を呼び、耳に覚えのある声に佐和紀も振り返った。最初から気がついていたらしい由紀子が、財前と佐和紀を見比べながら微笑んだ。

「珍しい組み合わせね。昨日はどうもお世話になりました」

会釈を向けられ、佐和紀も一礼で応える。今朝とは違うワンピース姿だ。

「昨日と、ほとんど変わらないのね。どこで知り合ったの？」

化粧をしていない佐和紀を不思議そうに見てから、財前に問いかけた。

「具合が悪くなったところを助けていただいて……」

由紀子に対して財前の腰は低い。

「そんな偶然があるのね。この人はうちで世話をしているのよ、佐和紀さん」

「そうなんですか」

スジ者の匂いがすると感じた佐和紀の直感は正しかった。

「財前。岩下と縁のある人だと、知っていて？」

「いえ……」

由紀子の言葉に驚いた財前の顔色が変わる。倒れそうに白い肌色になった。

そこで周平の名前が出るとは思わなかった佐和紀も内心で驚きながら、表情には出さずに訳知り顔で相手を見た。お互いの手の内を探り合っている、油断のならない雰囲気に自衛本能が働く。弱みを見せればつけこまれると思い、昨晩の続きで演技をした。

何も知らない、ただ顔が綺麗なだけの素振りをして財前を気にかける。

「大丈夫ですか」

「佐和紀さん、知ってはったんですか」

「行きましょう。由紀子さん、失礼します」

答えずに肩へ手をまわした。石垣を呼び、ふらつく財前を任せた。

「桜河会の会長の後妻ですね」

その場を離れてから石垣が言った。今朝、周平と話しているところを一緒に見たのだ。

「確かに、アニキの好みですね」

「だろ……。恋愛関係には見えないけど、周平だからな」

佐和紀はぼやく。二人に肉体関係が続いているとしても、それが『単なる性交渉』に過ぎないことは、昨日の夜の一件で佐和紀にも理解できた。挿入して射精することがセックスで、周平もそれを望んでいると思ってきたけれど、どうやら違うらしい。周平がときどき言う『本当のセックス』は、触れるだけで情感が高まるような、劣情とは違う性欲だ。

ふいに、昨日の夜のスパークを思い出して、佐和紀は自分の身体に腕をまわした。

喫茶店までの道筋を教えている財前と石垣の後ろにつく。身体の奥に注がれた周平の残滓がとろりと溢れ出てくるようで、腰回りがじわりと熱くなる。

あの後、泣き出しそうになった佐和紀を抱き寄せ、望みに応えた周平は気が遠くなるほどゆっくりと腰を進めた。奥に先端をすりつけるような動きに佐和紀は身悶え、水の中に沈むような倦怠感の中で何度か達した。狂おしい焦燥感も激しい絶頂感もなく、射精もしなかった。

周平の方は苦しかっただろうと思う。収縮する内壁に絡みつかれて、激しく動きたいのをこらえる身体中から汗を噴き出していた。性技に長けた色事師にとっても、あれが普通のセックスじゃないと思うと、身体はまた熱を帯びる。

互いを貪り合う性愛の範囲を、おそらく一瞬だけ越えていた。心も身体も開き合った先にある、絶対の信頼感だ。そこまで無防備に自分を預けることができて、初めて得られる快楽があるのだろう。夜の最後で、周平はゆっくりと吐精した。汗が額から滴り落ちて、佐和紀の肌を濡らすのと同じように、限界までこらえた先端から、それはゆっくりと流れ出た。身体の奥から温かくなる感覚にうっとりと目を閉じたくちびるを、舐めるようにふさいだ周平は男っぽく眉をひそめていた。ため息とも吐息ともつかない息づかい。そこにまぎれた、低く甘いかすれ声。

あれが、快楽に浸ったときの周平の声。本当の、声だ。

「大丈夫ですか」

振り返った石垣から顔を隠すように、佐和紀は額に手を当ててうつむいた。

「あぁ、なんでもない」

「何を思い出していたんですか？　往来でそんな顔、やめてくださいよ。……なんか、二人で行動する自信がないよな」

咎めるようなつぶやきを聞いた佐和紀は、頬を手のひらで撫で、近くのウィンドウで表情を確かめた。何も変わらないように思えるのは、自分だけなのだろうか。二人を追って喫茶店に入り、喫煙できる中庭のテラス席に座る。三人ともアイスコーヒーを頼んだ。

「佐和紀さんは、大滝組の方やったんですね」

頭を抱えていた財前が顔をあげて言った。タバコの灰を、陶器の灰皿に落として答える。

「……周平の嫁だよ」

「男性……、ですよね？」

いぶかしげな財前の目に、視線を返す。ごく当然の反応だった。

「生まれたときから、身体は正真正銘、男だ。いろいろと事情があるんだよ。そっちは？うちの旦那と付き合ったことあるとか？」

佐和紀の冗談をそのままにして、財前は真面目な顔でゆっくりと首を横に振った。

「知り合いと呼べるほどの付き合いもないんですよ」

「あんた、本職は何？」

佐和紀はタバコの煙を吐き出した。絡んだ視線を逃そうとした財前が息を止めた。じっと見つめると、蛇に睨まれた蛙（かえる）のように、相手が動けなくなっていくのがわかる。

「怖い人や……」

「チンピラだけどな」

「本当のチンピラは、自分のことを卑下したりしませんよ」

「あんたの描く絵には癖があるよな。昔はあんなふうに、流れるようなラインの花を、銭湯で……」

そこまで言って、佐和紀は自分の言葉に息を呑む。財前がゆっくりと目を見開いた。

「佐和紀さん、あんたは……。やっぱり怖い人や。天性のもんやな」

「彫師なんだな？」

「……絵で気づかれるとは思いもしませんでした。今は廃業です」

「周平とは？」

ストレートに切り込むと、財前は目を細めて首を振った。

「こんな怖い人とよく一緒にいますねぇ」

声をかけられた石垣は、笑いながら立ち上がる。

「仕事、です。でもおそろしく魅力的でしょう。姐さん、俺は中で新聞を読んでます」

空気を読んだ石垣がいなくなり、テラスには佐和紀と財前だけが残された。

「……よく出来たお付きさんや」

「余計なことばっかり言うけどな。周平の舎弟だよ」

「あの人は独特な感じやったな。……岩下さんとは、ほんまに面識がある程度のもんです。昨日、うちに来たんが、初対面も同然ですわ。僕の祖父が刺青を彫ったんで……」

「由紀子さんの世話になっているというのは？」

「あれは仕事の斡旋を」

淀みなく答える財前の声を聞きながら、佐和紀はタバコを消して次の一本に火をつけた。

「左手は、どうしたんですか」

視線を伏せて尋ねると、財前が疲れたように息をつく。

「……質問ばっかりやな」

「元は左利きだろ。それとも、両利きか。物を引き寄せるとき、あんたは左が基本だろ。でも力がいる作業は右に持ち替えてる。左手はスジか骨を痛めた感じだな」

「なんでわかるんですか」

「拳の壊れた人間の一人や二人、見てきてる。したのは桜河会の人間なのか？」

「……あの人ですよ」

吐き捨てるように口にした後で、財前がハッと息を呑んだ。

後悔している目と視線が合う。

「由紀子さんか……」

「人の調子を狂わせる人やな。言わんでええことを言いたくなる。その顔のせいや」

「じゃあ、洗いざらい話してもらおうか」

佐和紀は微笑んだ。財前はどこか軽やかに表情を和らげる。

「仏さんみたいな顔して……。どうせ先行きの決まった身や。話しましょ」

運ばれてきたアイスコーヒーに、財前は右手でミルクを入れて左手でストローを回した。

「岩下さんの墨を見たことありますか。見事な唐獅子牡丹や。昨日、初めて見ました」

「見た？」

繰り返すと、財前がうなずいた。

「岩下さんが背負ってるもん、あれは祖父の最後の道楽ですわ。岩下さんが頼んだわけやない。祖父はあの身体と肌を人から買うて、思いのままの絵を施したんです」

佐和紀はしばらく固まった。吸わないままに短くなっていくタバコを指に挟んで、財前の言葉を頭の中で理解しようとする。それは簡単なことではなかった。

「岩下さんがヤクザになったんは、その後でしょう」

「……カタギの男に、あれだけの墨を入れた、ってことか……」

眉をひそめた。タバコの灰に気づいた財前が灰皿を差し出し、落ちる瞬間に受け止める。

「売ったんは、由紀子さんや」

財前の声が遠く聞こえ、佐和紀は黙ってタバコを消した。京都へ出かける前、忠告してくれた京子の言葉を思い出す。

周平がこの道に入るきっかけを作った、『曰く』のある関係だと。

「あの二人は、恋人同士だったんじゃないのか」

「そのあたりは僕も、よく知りませんねん。ただ、あの女が岩下さんに執着してるんは確かや。それも普通の形やない。苦しめるんが目的でしょう。世の中には、そういう愛もあると言っていいんか……。岩下さんが僕のところへ来て墨を見せてくれたんは、未完成やからです。祖父の手ぇは独特で、仕上げるなら直弟子の僕しかいない。そういうことです」

「でも、見た感じは」

「えぇ。問題ないように見えますね。でも、わざと腰骨の上の牡丹が抜けてる。それも由紀子さんでしょう。未完成の墨は、ハンパやって嫌われますやろ？」

「……だから、あんたの左手を壊して、囲ってるのか」

「そうです。元々、両利きやし、墨を入れるんは右だけでもできますけど……。今は絵付けの仕事しながら、桜河会のアホ息子のハンパ彫りを、ゆっくり仕上げてます。麻酔してもたいして彫られへん根性なしが、人に見せるのも憚るようなヘッタクソな墨入れてるんです」

思い出したのか、肩を揺すって笑いながら、財前は目を細めた。

庭の片隅に住んでいる青大将を思い出させる小さな瞳は、冷たく潤んでいる。

「そやから、岩下さんにはお断りしたんです。祖父の不始末のケツを持つんは、やぶさかやないですけど、由紀子さんを裏切ったら京都では生きていけまへん。この町が好きなんです」

「……あの女の思うツボってことか……」

佐和紀はぼんやりと口にした。周平の見事な刺青を思い出す。背中で遊ぶ二匹の唐獅子。舞い散る牡丹。青くかすむ地紋。欠けている一部分があるとは思いもしなかった。

「どうしても、無理？」

振り返った佐和紀に、財前はくちびるを噛んでうなずいた。

「勘弁してください。無理ですわ」

「一週間。いや、それこそ、少しずつでも」

「……無理や！」

財前の叫ぶ声で佐和紀は我に返った。周平がどんな気持ちだったか、そして今もどんな想いでいるのか。それを考えると自分が傷つくよりつらい。

「自分の旦那が半端を背負ってると聞かされて、はい、そうですかって、言えるわけないだろ」

「……ほんまに、夫婦なんですか？　どんな理由があって」

「理由はいろいろだよ。でも……夫婦だ」

佐和紀は左手をそっと顔の脇に掲げた。普通より華奢に見えるとはいえ、男の手だ。存在感のある大きなダイヤも馴染んでいる。

「方法があるはずだ。何か」

「やめた方がええ。佐和紀さんが事情を知ったとわかったら、それこそ由紀子さんは大喜びでいたぶってきますよ。……そんなことで、旦那の苦労を増やすんは、ええ女房やないですよ」

そう言われて落胆した。唸りながら、胸の前で腕を組む。

「惚れてはるんですね」

「あぁ、まぁなぁ……」

襟足をくしゃくしゃと手で握り、佐和紀はうつむいた。周平のために何かをしたいと思っても、力のない自分がすることは、結局すべて足手まといでしかない。思い知らされて、気が滅入った。

「佐和紀さんみたいなベッピンさんに、心底から惚れられる岩下さんはええ男なんやな」

「だから、頼む……」

「意味がわからへん。無理や、って」

「じゃあ！　……それじゃあ……」

「……いや、困ります……」

ちらりと向けた視線で察した財前が目をそらした。

「石垣さんの『魔性』の意味はこれやな。こんなことで承諾しても、岩下さんは喜びまへんで」

意識的な色仕掛けは奥の手だ。そして自分がしてやれることはこんなことしかない。

「いい。そんなことじゃない。あいつが男になるか、ならないか。そういう問題だ」

「……あんた、じゅうぶんにええ女房や。そやから、その目は向けんといてください」

誘いをかけているつもりもない。なのに、財前は真っ赤な顔でうつむいた。

「別に、今は。もしかして……勃った、とか……」

「その上品な顔で、そういうことを……」

図星なのか、財前は黙り込んでアイスコーヒーをひたすら飲む。

「この話はもうやめましょ。……なんで、男の嫁なんかになったんですか。あんたなら、一人前の極道になれたでしょ」

「なれるわけないだろ」

財前からの質問に、佐和紀はまっすぐに答えた。

「俺には、この顔と身体しかない。頭の中も空っぽだからな。いまさら、一人前の男になりたいとも思わない。ただ、惚れた相手のためにできることがあれば、死んでもいい」

行き場のなかった佐和紀を拾い、男として生きていく道を作ってくれたのは、父親のように慕う松浦組長だ。だから、松浦の率いるこおろぎ組のためにならなんでもすると誓った。

松浦が望めば、もっと早く身体を売りもしただろう。鉄砲玉になって死にたいと思った

 こともある。どちらも許されなかったから、佐和紀は最後の一線だけは越えず、きれいな身体で居続けた。周平の嫁になる話が持ち込まれたときも、松浦は最後まで反対していた。

それでも認めたのは、佐和紀の勝負時だと思ったからだろう。

こおろぎ組にいても先はない。自分もいつかは死ぬ。誰かの『女』になってでも生きていく道があるなら、その勝負をしてみろと無言で送り出してくれた。そんな松浦が好きだ。名前も顔も知らない父親が松浦だったらいいと思うぐらいに。

だけど、それは結局、親愛でしかない。周平への気持ちとは違う。

「佐和紀さんが死ぬなんてこと、岩下さんは願ってもないんとちゃいますか」

「どうでもいいんだ。そんなこと……」

「そんなこと、て……」

簡単に言うなと笑った財前が真顔になる。佐和紀も真顔で訴えた。

「周平の墨のこと、もう一度考えて欲しい」

「あんた……。あかんで。僕に頼むように、由紀子さんに頭さげることだけは、絶対にあかんで」

よっぽど危ないことをしそうに見えるのか、何度も繰り返される。佐和紀は答えた。

「周平が男になれば、極道として一点の曇りもなければ……。俺も、同じになれる」

まっすぐに見つめる佐和紀の言葉に、財前がため息をついた。

「……あんたは男や。一人前の。……いつになるかわからんけど、桜川の息子の件が終わったら、関東へ行くわ。今言えるんは、それだけや……」

「……わかった」

「それまで、岩下さんには言うたらダメですよ。糠喜びさせることになるかもしれんし」

「言わないよ。それに、俺が頼んだことは黙っててもらいたい」

「そうやな。それがええな……。なんやもう……、まぁ、ええわ」

財前は肩をすくめて笑うと、ガラス窓で隔てられた店内から様子をうかがっている石垣を手招いた。

「どっか一箇所ぐらい、案内しましょうか。それから夕食でも。粉もんは好きですか？こっち来てネギ焼きは食べはりました？」

「財前さん、考え直してもらって、ありがとうございました」

アイスコーヒーを片手に持った石垣が戻ってくる前に、佐和紀は礼を口にした。

「口先だけのことかもしれへんよ」

「だとしても」

「そうか……」

財前がぼそりと言ってうなずいたところで、外へ出ていた石垣が元の席に座った。

「話は終わったんですね」

「やっぱり怖い人でしたわ。……正直、惚れました」

「冗談に聞こえませんけど……」

石垣の鋭い視線を避けて、佐和紀は中庭に顔を向けた。

「佐和紀さん、くれぐれも由紀子さんには気をつけてくださいよ」

財前はわざと石垣に聞かせる。やはりネックは由紀子だろう。財前が桜川に飼われているならなおさらだ。でも、佐和紀は知らない振りをするしかない。少なくとも、この話を周平から聞かされるまでは邪魔をするだけになる。

もし話をしてくれたら、力になるのにと思う。

どんなことをしても周平の願いを叶えてみせる。

話して、くれたなら。

だけど、周平が自分から弱みを見せるような、そんな日は来ない気がした。

＊＊＊

木々の枝が緑の壁のように左右を包んでいた。その先は視野が開け、真夏の日差しの中に朽ちた色のお堂が建っている。白い砂の敷かれた、道幅のある坂を下った。何もかもが広く、大きい。そして静かだ。石垣の差しかける日傘の陰で、佐和紀は息をついた。登ってきた坂のせいだ。

「なんか、他のところと雰囲気が違うな」

佐和紀が声をかけると、石垣も人気のない境内の広さを見回した。木々のトンネルを抜けて視野が広がったせいかもしれない。空の広さも町中とまるで違って感じられた。

「このあたりを巡るなら、宇治まで足を伸ばす観光客の方が多いんでしょうね」

「見事に誰(だれ)もいないな」

坂を下りきって、古い木造のお堂を見上げる。蟬(せみ)の声が一瞬、途切れた。

「こういうところの方が好きですか」

「人が多いと、こっちが見られるからなぁ」

「……姐(あね)さんは、そうですね」

石垣が視界を遮っている日傘を引く。お堂を見上げていた佐和紀はちらりと振り返った。

「見えにくかったですね。気が利かなくてすみません」

「利きすぎてるぐらいだから、謝るなよ」

「……アニキと桜川会長の奥さんのこと、まだ気にしてるんですか」

今まで素振りにも見せなかったことを突然聞かれ、顔を向けずに軽く答えた。

「何か、おかしいか？　俺」

「……そうですね」

はっきり言わない石垣の日傘の下から逃げて、佐和紀は大きく深呼吸した。朝方に降った雨の匂いが土から上がってくる。昨日の夜、周平の帰りは遅かった。

佐和紀はさっさと布団に入ったものの、いろいろと考えすぎて眠れなくなり、窓辺に缶ビールを並べて飲んだ。

一本目では周平に会うまでの自分のことを考え、二本目で出会った頃のことを考えた。

三本目には事後プロポーズされたときのことを思い出し、四本目で周平と由紀子のことに思いを巡らせた。周平がどんなふうに由紀子を好きだったのか。極道社会に入る前の周平を想像するのが難しくて、なかなか思いつかず、それがいっそう佐和紀の胸を騒がせた。

未完成の刺青に対する思いも、自分と周平ではズレているのかもしれない。完成させたら男が上がると思うのは間違っているような気もした。今すぐにでも由紀子に直談判に行きたいと焦る気持ちと、自分の知らない周平の過去に尻込みする気持ちが相反する。

「おまえらに心配されてるようじゃ、ダメなんだろうな」

「そんなこと考えてたんですか」

飾り気はないが、黒い日傘はそれでも女物だ。

一人で差している金髪の石垣は滑稽だった。

自分の感情ひとつごまかせず、舎弟たちにさえ心配させてしまう。

振り返ると、絽の袖がひらりと揺れた。佐和紀は山の緑を見上げて息をつく。

どんなに悩んでも、先へ進むことしか選ぶ道はない。周平と出会っていなかった頃には戻れないし戻りたくないと思う。本当はきっと、周平が持っていて自分が持っていないものを数えることも、子どもじみた嫉妬だ。それでも、もがいてしまう。

人に初めて抱かれて、その相手を好きになって。身体から始まったものでも『恋』になるのか、佐和紀にはわからないからだ。

「なぁ、タモツ」

離れた場所から、声を張りあげた。

「『恋』って何？」

「え？」

蟬の声が戻ってきて、石垣が日傘を取り落とした。

「『恋』したことあるだろ」

大股に近づいて、転がった日傘を拾い上げる。顔を覗き込むと、

「したことはありますけど」

石垣は眉をひそめた。

「惚れるのと何が違うの」

「一緒ですよ」

困ったように口にする石垣に日傘を差しかけた。向かい合って影の中に入ると、男二人

のあいあい傘のようで何か可笑しい。

「そんなことはないだろう」

「……それは、アニキがしてきた恋が、どういうものかってことですか」

「いや、違う」

佐和紀はうつむいた。雪駄を履いた自分の足と、革のサンダルの石垣の足が向かい合っている。

「俺は周平に惚れてる……。でも、おまえだって知ってるだろ？　身体から始まって、情は感じてる。でも、これって『恋』なのか？」

顔をあげた瞬間、石垣の全身が硬直した。頬が引きつり、表情も固まる。

佐和紀は不安に駆られて、半歩、前のめりに近づいた。

「『恋』ってもっと激しいものなんだろ」

自分の知らない過去に、周平は何度もそれを繰り返してきたのかもしれない。由紀子とも、別の女とも。周平の過去にどれほど愛人がいようと、そんなことはいい。

でも『恋』は別だ。

それはきっと、肉体関係の中から生まれる情とは違って、もっと清廉な想いのような気がする。

「ユウキは、周平に『恋』してただろ？　でも、周平は違って。きっと由紀子さんとは」

「やっぱり気にしてるんですね。過去ですよ。姐さんが気にすることじゃない」

視線をそらしたまま日傘へ手を伸ばしてくる石垣から、佐和紀は無意識に逃げた。

「気にしてるよ。気になってる。……こういうのは、どうしたらいいんだ」

「……恋人の過去を気にし始めたらキリがないですよ」

でも、周平が誰かに気を許してきたのかもしれないと思うと、佐和紀の胸の中で感情が渦を巻く。その相手は、佐和紀の知らない周平を知っていて、それは佐和紀にはもう一生知ることのできない周平なのかもしれない。そう思うと、心臓が摑まれたように痛んで、動悸が激しくなる。

「特に、アニキみたいなタイプの過去を気にするのはやめた方がいいんです……」

日傘を渡そうとしない佐和紀に焦れた石垣が強引に手を伸ばしてきた。

「佐和紀、さん……」

手が佐和紀の指に触れた。そのまま日傘の柄ごと握られる。

「泣くことは、ないんですよ……」

「どうしたら、あいつは、俺に『恋』をする？」

自分の視界が急速に潤んでいくのがわかった。水に沈んだように景色が揺らぎ、石垣の顔も見えなくなる。情けないと思いながら、感情が溢れ出るのを止められなかった。

好きになって欲しい。もっと強く。

弱みも何もかもさらけ出して、自分にも求めて欲しい。

そうしたら、役に立つためにできることはもっとあるだろう。

考えれば考えるほど、理想に追いつけなくて苦しくなる。

「……こんなふうに、あいつの前でなったら、困るだろ。あいつが」

佐和紀は眼鏡をはずして、手の甲で顔を拭った。周平にとって価値のある人間になりたい。必要とされて、頼られて……。唯一無二の信頼が欲しい。

「俺も、困りますよ……」

佐和紀の手を握ったまま、石垣が空を見上げた。その先には、黒い日傘の生地しかない。

「だよな。ごめん。……おまえらに甘えるとか、お門違いだよな」

佐和紀は日傘から出た。若紅葉をバックに、鮮やかな百日紅の花が咲いている。

「お門違いとか、そういうんじゃないって……」

石垣がぼそりと言った。その後で、バサッ、と音が立つ。

「あー、もう、めんどくさい。あんた、めんどくさい！」

石垣が叫ぶ。閉じた日傘を投げ捨てたのだと気づいて振り返ろうとした瞬間、背中から伸びた腕に引き寄せられた。蝉の声がさらに大きくなり、

「『恋』って終わるんですよ」

石垣が耳元で言った。重なっている二人の短い影を、佐和紀はただ見下ろす。

「だから、あんたには似合わない。『恋』なんて。……また泣くだけだ」

背中から抱きしめてくる腕がゆるんだ。石垣には珍しく、敬語を消したまま話し続ける。

「ただでさえ危なっかしいんだから、やめろよ。余計なこと考えるの。あんたが弱いとか女々しいとか、そういうことは思ったことない。今まで泣いてこなかったんだろうって、それが……」

佐和紀はうつむいて目を閉じた。

そうだ。仲間も持たず、恋人も持たず、一人で生きてきた。自分の顔と身体だけで食い繋いできたのだ。情けないと思っても、泣かなかった。強がれば男らしくなれると思ったわけじゃない。男でも泣くということを、長く知らなかっただけだ。

「泣くな、って……言ってるんじゃないんですよ。俺も、動機が不純なんです。泣かれると……」

続く言葉を、石垣は口にしなかった。投げ捨てた日傘を拾いに行く足音が聞こえる。

「佐和紀さん、俺たちのこと好きでしょう?」

眼鏡を握りしめたまま大きく息を吸い込んだ佐和紀の答えを、石垣は待たなかった。

「俺たちも、好きです。尊敬するアニキのとこに来たあんたは、女みたいに綺麗だけど、やっぱり男で。いざとなったら誰よりも威勢がよくて、そういうところに、憧れたりするときもある。でも、基本、心配なんです。心配なんてするなって、男らしく言うところが……余計に。俺も、タカシもシンさんも、アニキのためじゃなくても、佐和紀さんのために命ぐらい捨てます」

「それは……変だろ」

「そうですね。きっとわかってもらえないと思います。でも……」

石垣が近づいてきて、また日傘を差しかけてくる。

「あんたにもアニキにも惚れてますよ、俺たち」

「周平にもキスしたいとか、思うわけ？」

肩を揺らしながら、足元の砂利を蹴る。石垣が顔を歪めた。

「……わかってて言ってるなら、誘ってるんだと思いますよ」

周平のことが好きなのに、他の人間に惚れた方が楽だと思う瞬間が佐和紀にはある。

「たぶん、それが『恋』ですよね」

猛スピードで振り返ったのは、心を見透かしたように言われたからだ。

「ほんとキスしたくなる顔してるよな」

でも近づいてこない石垣は笑っている。その視線を受けたまま、佐和紀は空を見上げて、周平を思い浮かべる。

恋が終わるなら、その終わった想いは人の中でどこへ行くのか。

佐和紀は新しい悩みを抱えながら、砂利を踏みしめて歩き出した。

その日の夜、やっと佐和紀は周平と二人きりで外へ出た。

路地から大通りに出ると、通行止めになった道路の両脇に屋台が並んでいる。

途中で買ったヨーヨーを叩きながら、佐和紀はビールを片手に歩く周平を見た。濃紺に白いよろけ縞の浴衣が長身を強調して存在感がある。絞りの兵児帯を選んだのは佐和紀の遊び心だ。その兵児帯と同じ模様の有松絞りの浴衣は、今年、新しく仕立てたもので、帯は周平と反対に博多献上の帯にした。ひそかなペアルックに喜ぶ日が来るとは思わなかったが、気恥ずかしささえ新鮮で悪くない気分になる。

祇園祭の山鉾巡行の前夜祭である宵山の期間は長く、宵々山と呼ばれる二日前の夜も人出は多い。昨日、財前から聞いた話だと、宵山がピークだが年々前倒しに観光客が増えているという。

「仕事、どう?」

眼鏡のズレを直しながら、周平の横に並ぶ。

「大阪までの移動時間が面倒だな。谷山の仕事は確かだから、挨拶回りしてるだけだ」

「関西のヤクザって、みんな桜川会長みたいな感じ?」

「どういうことだ、それ」

周平が笑う。

山鉾の置かれている位置が印刷されている団扇（うちわ）を帯の背中側から抜いて、佐和紀は丸のつけられている場所を目で確認した。石垣がホテルのコンシェルジュに頼んで、お勧めの山鉾に印をつけてもらった地図だ。通りが狭くて混雑するところも多いらしく、初めてでも楽に見られるものに三つほど丸がついていた。

人気があるだけに混むが、道が広いからと勧められた四条通（しじょうどおり）の長刀鉾（なぎなたぼこ）へ向かう。

ばらけていた見物客が通りに集中し始め、飲み終わったビールのカップをゴミ箱へ捨てた周平が、さりげなく佐和紀を引き寄せる。

「いい匂いがする」

周平に言われ、佐和紀は少しだけ笑った。袂（たもと）に入れた香袋の匂いだ。

後ろを歩いていた若いカップルがその声で気づいたのか、「ええ匂い、ええ匂い。何の匂いやろか」と口早な関西訛（なま）りで話し始めた。

背の高い鉾は、遠くからも上の部分はよく見える。かなりの大きさだ。

「組の仕事に、興味があるのか」

「政治も駆け引きも、俺には向いてない。知ってるだろ」

「退屈してるんだな」

声に笑いを滲（にじ）ませた周平が、違うと答えようとした手をいきなり握った。

「迷子になると困るだろう」

道は一本だ。しかも、みんな行儀よく並んで歩いている。袖に隠れて絡んでくる指を拒めず、佐和紀はうつむいた。指の間をなぞられると、足を開くときのような恥ずかしさに頬が火照(ほて)る。

「錦市場に戻って、もう一回、カルパッチョが食べたいな」

平然と話す周平を恨めしく思いながら、佐和紀は指に力を込めた。

握り返されて肩がぶつかる。

周平といると、あれほど気になった過去のことも気にならないから不思議だ。ただそばにいて、話をしているだけでいい。そしてときどきキスをして、抱き合って、それ以上ができたらいい。

「指が熱いな」

ささやくようにひそめた声で言われ、佐和紀は視線も向けずにあしらった。

「うるさいよ」

繋いだ指で肌を撫(な)でられ、いつのまにか同じように周平の肌の感触を確かめている。

「やっとデートらしいデートをしてるよな」

周平が突然言い出した。

「デート……」

佐和紀はぼそりと繰り返す。二人で出かけたことはほとんどない。この五ヶ月間、周平はずっと忙しかったし、家にいても仮眠を取っているか、書類に目を通しているかだった。

「……まさか、デートって概念がないのか」

「ガイネン？」

「どこかに行くとなると、あいつらがいるしな。三井と二人で出かける方が多いだろ」

「パチスロなのに？」

「……世の中には、パチスロデートっていうのもあるんだ」

「へー」

素直に納得すると、周平が肩を揺らして笑った。

「旅先で過ごすのも悪くない。あっちはやりにくいからな。またどこかに行けるといいけど……」

「忙しいんだろ、補佐は」

周平の顔を見上げる。歩きながら話しているだけのことが楽しい。

「今回もおまえは石垣とデートばっかりだしな」

「デートじゃないだろ」

ふいに、昼間のことを思い出す。石垣は何もなかったように振舞っているけれど、佐和紀を抱きしめた腕は熱かった。冗談にしてしまいたいのは、お互いに今の関係を壊したくないからだ。

「どうだかな」

最近になって、周平はくだけた口調を使うようになった。外向きじゃない姿を見せられるのが嬉しくてじっと見つめると、視線を感じた周平が振り返る。石垣に抱きしめられたと言ったら、周平はどんな顔をするだろうか。嫉妬をしてくれるだろうか。

「佐和紀、あれはペルシャ絨毯だ。もう何百年以上も前のものらしい」

佐和紀の気持ちを知らずに、周平は指を立てた。鉾の上には、囃子方が身を乗り出すようにして座っている。特徴のある『コンコンチキチン』のリズムが繰り返され、カネと太鼓と笛の音に郷愁が漂う。鉾の前後には、灯籠を吊り下げた竿が立っていた。

「絨毯なのか、あれ」

周平の指先が示しているのは、鉾の胴を飾る赤い幕のようなものだった。

「このあたりの町人が金を持っている証だったたって聞いたことがある。今では値もつかない貴重なものだよ。……俺じゃなくて、絨毯を見ろ」

「あぁ、そうか」

言われて笑いながら視線を戻したが、佐和紀の心は落ち着かなかった。

後ろではしゃいでいた若いカップルも、デートをしているんだろう。そして、手を繋いで歩き、どこかでキスをして抱き合う。最後にたどり着くところは一緒なのに、一飛びにそうしないのは、意味がないと思えることの積み重ねが恋人同士の形だからなのか。

人の混み合う鉾の前から離れ、周平は祇園祭の絨毯を題材にした小説の話をした。佐和紀はふいに立ち止まる。広い通りで人の流れがばらける。

もう背中にぶつかられることもない。

「母親の持っていた写真に、あの提灯が写ってた。男が一緒で……」

眉をひそめて思い出そうとしても、画は浮かんでこなかった。

「父親か？」

「わからない。そうかもしれないけど……違うのかも。写真は、死んだときに燃やしたんだ。あのお囃子に似た音が入ってる曲があって。それをよく聞いてた」

狭いアパートの窓辺に座り、写真を眺めながら頬杖をついて。擦り切れたテープにはその曲だけが繰り返し録音してあった。黄昏のオレンジ色の中で、出勤前の母は泣いていた。

「佐和紀」

錦市場へ向かう路地の途中で、周平が立ち止まる。

「男が歌ってた」

「そうか」

周平が片手で頬を撫でてくる。人通りのまばらな道端に寄った。人の往来を忘れて、佐和紀はキスを黙って受けた。眼鏡がぶつからないのは、周平が首を大きく曲げているからだ。佐和紀も慣れてきて、少しあごをそらして受けるようになっていた。

「思い出があったんだろうな」

「別れても、そうやって覚えているものなのか。恋した相手のこと……。おまえも？」

ぼんやりとした頭の中に、祇園囃子が聞こえている。

泣いていた母は、それでもときどき笑っていた。失った恋をなぞることが不幸だったのか、幸福だったのか、子どもだった佐和紀にはわからず、大人になった今でも謎(なぞ)のままだ。

「俺は違う」

周平の声は静かだった。

瞳(ひとみ)を覗き込めば、引き込まれ、周りのことは何も気にならなくなる。

「『恋』は終わるものなんだろ」

「何度も繰り返すものだ」

「……いろんな相手に」

口の中で言葉を転がしながら、佐和紀は絶望的な気分になる。いつか自分も記憶のひとつになる日がくると、言われたような気がしたからだ。

「『恋』は一人でするものだ。愛し合うとは言っても、恋し合うとは言わないだろう。自分の心が、誰かを求めたら、そのときが『恋』だ」

佐和紀のまなざしを周平は真正面から受け止めている。

「俺の、周平への気持ちも『恋』……？」

「一人でいるときは恋しいと思って、佐和紀のことを考えてる。でも、一緒にいるときは違う。……愛してるよ」

通り過ぎようとした女性グループが思わず足を止めるほど、周平の一言ははっきりと男らしかった。

頬が一気に熱くなるのを感じながら目が離せず、佐和紀は握った手に力を込める。

「恋ってのは、いつも一番新しいものが本物だ。新しい恋をしたら、古い恋はすべて嘘になる」

だから、本当に『恋』してるのはおまえだけだと、周平は臆面もなく言う。

「……財前から、話を聞いた……」

佐和紀は唐突にそう打ち明けた。言うべきじゃないと思っていたのに、自分でもわからない。

「由紀子のことか」

「俺には隠す過去なんてないのに、おまえは隠し事が多すぎる」

「……隠してるわけじゃない」

「俺が疎いから？　だから、言いたくないのか」

「おまえは子どもだよ。そうやって正論で押してくるところが。俺がずるく見えるか」

周平が繋いだ手を解いた。

「愛してるから、知らないで欲しいこともある」

「できるわけない、そんなこと」

佐和紀は追いすがるように言った。知らなくていいことも世の中にはあるだろう。でも、好きだからもっと近づきたくて、相手のことを知りたいと思う。

知らないでいいと言われても無理だ。いつだって、佐和紀は周平のことを考えている。

「檻の中で大切に育てられるなんて、そんなのはいまさら性に合わない」

「おまえの考えていることぐらい、わかる。簡単だよ。……俺のために、そばにいてくれ。できなくても、そうできるように努力しろ」

「……してるよ」

うつむいて、佐和紀は片手を差し出す。ほどいた指が寒い。

役に立たないと言われているわけじゃない。でも、もっと、周平のために何かができるんじゃないかと思う。何かをしたいと、思う。

だから、苦手な勉強をする気はさらさらないが、振舞いだけでも上等になろうと稽古事にも真剣だ。チンピラらしく生きていればよかった頃と今は違う。若頭補佐の嫁になったのだ。しかも、男の嫁だ。周平には女じゃないからこその価値を感じて欲しい。

「おまえがいなくなるようなことがあっても、俺はもう二度と結婚なんてしない。覚えておけ」

差し出した手を握った周平が歩き出す。その背中を、佐和紀は追いかけた。

まだ知りたい。周平の過去を、弱さを、そして強さを、何もかも知りたい。誰よりも深く……。

「恋人も愛人もたくさんいたけど、嫁はおまえだけだ。それは一生、変わらない」

振り返らずに言われる。

「だから、俺のそばから消えて、悲しませるようなことをするなよ」

佐和紀には言葉の意味がわからない。嫁として家族になれても、それが他の誰にも真似できないことだとしても、今の佐和紀は『恋』にこだわってしまう。

由紀子が周平の心に『恋の傷』を作ったのかもしれないと思うと、甘い言葉を優しくささやかれるよりも、同じぐらい強くて深い『恋』の証が欲しかった。

＊＊＊

大阪へ向かう車内で、周平は浅い眠りから目が覚めた。まだ市内にも入っていない。

右手に大阪万博の跡地に立つ太陽の塔が見えた。日暮れが少しずつ近づいている。

ため息をついたのは無意識のうちで、周平は腕を組み直す。

昨晩はごく自然に佐和紀を抱いた。何も仕掛けず、何も仕込まず、ただお互いに気持ちよくなったのは、佐和紀の強い不安が伝わってきたからだ。

財前から何を聞かされたのか、想像はつく。別に聞かれてまずいことは何もなかった。

それでも一通りの動揺を見せていた佐和紀のことは気にかかる。気が短い上に、佐和紀は変なところで度胸がありすぎるからだ。どうして外見通りの頼りなさで、床の間に飾られていてくれないのか。女装をして新妻の素振りをしている姿はかわいかった。

おとなしく半歩後ろに付き添い、注がれる酒に頰を染め……。

それも結局は、いつもの佐和紀がいるから感じる魅力だと、化粧っ気のない顔で動き回っている姿に思い知らされる。佐和紀をカゴの中の小鳥にしたいのは、周平のエゴだ。かつてひどく傷ついた自分と同じ目に遭わせたくないから、この五ヶ月間、佐和紀を縛ってきた。

昨日、佐和紀は隠し事はないと言った。それは嘘だ。どんなふうに岡崎たちへ話を持ちかけ、そして触れて触れられたのか、周平にはわからない。胸の奥で渦を巻く嫉妬に煽られて、周平は自分の妄想の中に逃げる。泣きじゃくって欲しがる佐和紀を押さえつけて、何度でもイかせる激しいセックスを脳裏に描く。

挿れただけでイクぐらい蕩けた場所を責めまくって、自分と繋がることしか考えられないようにしたい。嫌がる顔でいやらしいことを言わせ、それでも求める身体を開かせる。

そんな抱き方をしても、佐和紀が『女』にならないことは承知の上だ。わかっているからこそ妄想に歯止めは利かなくなる。

周平は携帯電話を取り出して、窓の外を見ながら電話をかけた。

呼び出し音三回で繋がる。

『石垣です』

「佐和紀はいるか。代わらなくていい」

『あ、はい。いらっしゃいます。今はもう外です。これから食事に』

「佐和紀を一人にしないように気をつけてくれ。……おかしいだろ、少し」

好きだ。愛してる。特別だ。そうささやいても、佐和紀の耳には届かない。

佐和紀が待っているのは、男としての自分を肯定する、周平の一言だ。

『わかりました。……アニキ、あの……』

「なんだ」

『姐さんが、恋ってなんだって聞いてくるんですよ』

困りきった舎弟の声に、周平は思わず笑った。

『いや、まぁ、適当に答えましたけど……。あれは、なんでしょうか』

「俺に聞くな。……おまえもトラウマか？」

『いや、まさか』

急にシャンとした声で返すところが怪しい。

「恋わずらいってやつだろ。ここのところ、毎晩ヤッてたからな」

『はぁ……』

気の抜けた返事だ。

「手を出すなよ。あいつは暇になると身内に粉をかけるか、外でケンカするかだからな」

『……ですね』

弱りきった石垣の声を聞いていると不憫だが、役目を変えてやろうと言ったところで首を縦には振らないだろう。岡村と一緒だ。佐和紀に困らされて喜んでいるのだからどうしようもない。

電話を切った周平は、窓の外から視線をそらした。佐和紀のことを本当の意味で考えるなら、思い切るしかない。小さなカゴから出して、まずは広い温室の中を飛び回らせる。大滝組の一員として、三井たちと巡回をするぐらいなら、大滝組長や岡崎たち『佐和紀シンパ』の承諾も得られるだろう。

携帯電話を片付けてため息をつくと、ミラー越しに谷山と目が合った。

だいたい、若頭補佐の嫁だということを周りはすでに忘れかけている。これが佐和紀でなければ、飼い殺しになるはずだったのに……。

「佐和紀さん、どうしたんですか」

「退屈すぎて、フラストレーションが溜まってるんだろうな」

周平はため息をついた。勘の鋭いチンピラほど始末に負えないものはない。その上、佐和紀は自分の容姿をフル活用したホステス技を持っている。本気で武器にされたら周平でも危ない。

「あぁ……前の組のときは、かなり暴れてたらしいですね」

その谷山の言葉に、周平は無表情になった。佐和紀を働きに出すことが、やっぱりひどく無謀で、危険なことに思えてくる。もう少し様子を見た方がいいのかもしれない。

「今回の旅行で少しは発散するかと思ったのは、甘かったな」

それでも楽しそうな佐和紀を思い出して、周平はまた窓の外へ目を向けた。


「だから、俺から売ったケンカじゃないって言ってるでしょう」

四条大橋のたもとにある交番のパイプ椅子に座った佐和紀は、目の前の制服警官を睨みつけた。

「そやから、それはわかったけど。名前と連絡先は言うてもらわんと」

「書きたくない」

佐和紀はそっぽを向いた。石垣と先斗町で食事を済ませ、ほんの出来心で一人になったのがいけなかった。男二人に絡まれる女の子を助けたらケンカを売られた末の警察沙汰だ。

悪いのは男たちだと周りにいた通行人が証言してくれたが、警察とは連絡先を言う言わないで押し問答が続いている。

「書かれへん理由があるんやったら、それを聞かせてもらわなあかん」

「しつこいよ」

「じゃあ、身元を証明するものは」

「免許は持ってないって言ってるだろ。帰してくれないなら、連れに連絡を取るから電話貸せよ」

佐和紀は苛立って目の前の机を叩いた。椅子を投げなかったのは、人間的に少しは成長したからだ。警官のことは、セクハラをされない限りは殴らないことにしている。

「その人の身元は、私が保証するわ」

背後から女の声がかかった。振り向いた佐和紀は、白いブラウスの由紀子が微笑んでいるのを見て、眉をひそめた。

「桜川さん。お知り合いですか」

「うちのお客さんよ。申し訳ないけど、その調書も無効にしてもらえるかしら?」

指先で示した紙を、警官は佐和紀の目の前で破り捨てる。

「どういうことですか」

交番の外に連れ出され、佐和紀は問いかけた。

「見かけたから助けに入っただけよ」

人の流れに乗って祇園の方角へ歩きながら、由紀子がするりと腕を絡めてくる。

「少し、付き合ってもらえないかしら」

「舎弟が俺を探しているはずだから……」

「探させていればいいのよ。それが仕事でしょう。周平の話を聞きたくない？　それとも、もう聞いているのかしら」

「別に、聞きたいことは何もないです」

「はっきりしているのね」

交差点の先に黒塗りの車が停まっている。由紀子は足を止めた。

「こちらにはあるわ。聞いて欲しいことが」

車に押し込まれ抵抗しなかったのは、本心では気になっていたからだ。周平より由紀子から聞いた方が、うまく聞き流せる気がした。

二人を乗せた車が静かに走り出し、土地勘のない佐和紀には、どこへ向かっているのかわからない。周平と財前にあれほど関わるなと念を押されたことも忘れて、停まった車から降りた。強面の男が出てくるわけでもなく、運転手も座席から動こうとはしない。

佐和紀は自分の足で高級マンションへ入った。エレベーターの中で二人きりになると、由紀子が笑いながら振り返り、おもむろに口を開いた。

「怖くないの？」

「……何がですか」

「桜河会とか、私とか……周平の過去だとか」

怖くないといえば、嘘になる。

知りたい気持ちと知りたくない気持ちがせめぎあっていた。

知れば傷つく。そんな弱い自分を知ることの方が、周平の過去を知るよりも怖い。

「桜河会は俺に何もしないでしょう」

「桜川はすっかりあなたにご執心よ。滞在中にもう一度会いたいと思っているみたいだけど、そううまくはいかないわね。あなたの相手は大滝組の若頭補佐だもの」

由紀子はにこやかだった。その上機嫌さを怪しみながら、エレベーターを降りた。

高級マンションの一室。角部屋はリビング二方面がガラス窓で、広いベランダもついている。由紀子の別宅になっているらしかった。室内は豪奢な家具が配置され、他に人の気配はない。

組同士の関係を考えれば、リンチをされる可能性は低かったが、それでも子分がうじゃうじゃいて、なんらかのよからぬ企みが待ち構えているかもしれない覚悟はしていたのに拍子抜けだ。

佐和紀のチンピラの性分は大立ち回りを期待してもいた。暴れ回っていた頃の生活が懐かしい。

「私と周平が恋人同士だったのは、あの子が大学生の頃よ」

あの子と気安く呼んで、由紀子は微笑んだ。

「興味ないです。過去のことは」

そっけなく答えながら、胸の奥はざわめいた。でも、表には出さない。嫉妬していることを知られる相手は、周平だけでいい。

さりげなく部屋を見渡した。ごちゃごちゃと飾りが多く、居心地が悪い。それを見ているだけで、心は裏腹に落ち着きを取り戻した。

周平はシンプルなものを好む。それは料理の味でも、部屋の趣味でも一緒だ。

「強情ね。……女は好き？」

由紀子が微笑みながら、一人でソファーに腰かける。

「好きですよ」

佐和紀はうんざりしながら答えた。ホステスをすれば男を知らない顔だと言われ、ヤクザになれば女を知らない顔だと言われた。

男はそれがいいと笑い、女はそれではダメだと笑う。

「でも、経験がないって顔してるわ」

由紀子の反応はやはり女のそれだった。

「そうでもないですよ。童貞顔だって言われますけど。まぁ、俺がそっちも初物なら、周平は嬉しいみたいですよ。顔に似合わず、真っ白のものが好きだから」

嘘も本当もごちゃ混ぜにして由紀子に言葉を投げ返した。

平静を装った顔がわずかに歪んだのを佐和紀は見逃さない。女とのケンカも、男とのケンカも、そのカタのつけ方も、佐和紀は身をもって知っていた。美しい女は男に蹂躙されて金を巻き上げられ、弱いチンピラは虫けらのようにこき使われる。最下層で生きるということはそういうことだ。共食いの連鎖からはずれるためには一人きりで自分だけを守るしかないと教えてくれたのは死に際の母親だった。それでも、誰かを好きになったなら潔く死になさいと言われた。

こんなときに思い出し、佐和紀はわずかに動揺を覚える。

あなたは男だから、愛した人のために死ねる。でも、私は女だからそれができずに、あなたを産んで生きながらえた。

母は泣きながら、男であれば、と言ったんじゃなかったか……。

「……あの子の初めては私よ。私が男にしたの」

記憶の海から引き上げられ、佐和紀は呆然とした顔で由紀子を見た。

ショックを受けたと思ったのか、女の顔が嬉しそうにほころんだ。

反対に、スッと冷えていく心を佐和紀は感じた。そんな話はどうでもいい。周平が若い頃、どんな男で、そしてどんなふうに由紀子に筆おろしされたのか、想像しても少しも楽しくはなかった。

この女は、今とはまったく違う人間だったはずの周平の人生を狂わせたのだ。お互いに愛し合って狂っていったのではなく、罠にはめて二度と戻れない道に引きずり込んだ。

「どうして、あいつをヤクザにしたんですか」

「知ってるのね」

そう言って、由紀子は攻撃的な目になった。獲物を捕まえる前に舌なめずりする獣のような表情だ。本能的な嫌悪を感じて、佐和紀は無表情に相手を見た。

なぜ、周平が彼女を好きなったのか、わからない。きっと佐和紀が思いもつかないほど、昔の周平は純粋で鈍感だったんだろう。そうでなければ、こんな恐ろしい女に騙されるはずがない。

「私と同じにしたかったからよ。私が桜川と結婚すると決めたから、周平も極道にしたかったの」

「でも、あいつを選ばなかったんですよね」

桜川との結婚を選んだ。そして、周平を捨てた。ただ捨てるのではなく、財前の祖父に売り、全身に刺青をさせて……。それを考えると、佐和紀の身体は言葉にならない怒りで震える。

「選ぶわけがないわ。あの頃の周平と桜川の資産は雲泥の差よ」

「金なんですか。でも、あんたは周平を売った金を手にしたはずだ」

「このマンションがそうよ。私の財産」

由紀子は肩を揺らして笑う。

「……俺には理解できない」

「する必要はないわ」

立ち上がった由紀子はキッチンへ入っていく。

戻ってきて、缶ビールをテーブルに置いた。

「ビールはいかが？　心配いらないわよ。まだ開けていないから。グラスも必要ないでしょう？」

由紀子はもう一本の缶ビールを開けて、自分はグラスを使った。

佐和紀も缶へ手を伸ばした。よく冷えている。どこに何を仕込まれているかわかったものじゃないが、ただで帰れると思う方がどうかしている。でも、身体に傷を残される心配はしなかった。由紀子は自分の立場が脅かされるようなことはしないだろう。

缶の飲み口を着物の袂で拭いてからプルトップを押し上げた。一気に喉へ流し込む。苦味が喉に心地いい。喉の渇きを潤すと肩から力が抜けた。急に、置いてきた石垣のことが心配になってくる。こんなところにいることを知ったら怒るだろうし、石垣が周平に叱られるだろう。

「若頭補佐になって、金回りもよくなったみたいね。その指輪、彼からでしょう？」

佐和紀の左手薬指に光っているのは、2カラットのダイヤモンドだ。

「このマンションよりは安いんじゃないですか」

「そうね。……でも、それをもらっていれば、私だって桜川を選ばなかったわ」

「それは、嘘ですね。周平と幸せになるつもりなんてなかったはずだ」

「幸せってどういうことかしら。愛し合うことがきれいなことだと思ってるのなら、笑わせるわ」

由紀子が立ち上がって、小首を傾げる。

「苦しめばそれでいいの。あの子が好きだから、私を恨んでのたうち回るのを見るのが好きなの」

目をしばたかせて、佐和紀は身を引いた。指一本も触れられたくなかった。

「周平は、あんたなんかに踏みにじられていい男じゃない」

今はもうそんなことをされる男じゃない。でも、由紀子は何度も何度も繰り返し、かつての周平を辱めている。それが佐和紀には耐えられない。

遠い過去の、今の周平とは別人のような男だとしても、それは周平の一部だ。

学校にも通えず、ホステスをして食い繋いでいた佐和紀の過去が今も自分の一部であるように、たとえ周平にとっては忘れた過去だとしても決してなくなることはない。

「それは私が決めるわ」

苛立ったように、由紀子が佐和紀の腕を摑んだ。強い力ではないのに、佐和紀は振り払えない。

「動かないでしょう。身体……」

缶を握る指を一本一本開きながら、由紀子が嘲笑を浮かべる。缶がフローリングの床に落ち、飛び散ったビールで足元が濡れる。それでも佐和紀は動けなかった。

「私といいことをしましょう。傷が残るようなことはしないわ。桜川のお客さまだもの」

猫撫で声で言いながら、由紀子が佐和紀の頰に触れる。女の指の感触だけを肌が過敏に感じ取っていた。

「一部始終を、きれいに映像に残してあげる。あの子が、あなたの筆おろしをじっくり見られるように」

「そんなこと、意味ない」

「あるわよ」

由紀子は目を細めた。佐和紀の帯に手を伸ばす。

「自暴自棄になってセックスを弄んできたあの子が、あなたみたいな男の何に惚れたのか、私がじっくりと検分してあげるわ。……あなたはね、なんでも言うことを聞くのよ。そういう薬なの」

床に転がった缶を持ち上げ、由紀子が裏を示した。佐和紀には何も見えない。でも、そこから薬は仕込まれていたのだろう。

「あなたが蹂躙されるのと、私に夢中になるのと、あの子はどっちが悲しいかしら。さぞかし、怒るでしょうね。でも、佐和紀さんもいけないのよ？」

頭の芯(しん)が痛んで何も考えられない。目の焦点がぼやけた。

睡魔と闘えば闘うほど気が遠くなる。

「もう少し危機感を持ちなさい。……周平にも財前にも言われたんじゃないの？　人の忠告は聞いておくことよ。もう遅いけど」

その通りだ。でも、自分が傷つくことなんて怖くはない。ついてきたのは単純な興味本位だ。嫉妬でさえない。周平の人生を変えたほどの女がどんな魅力を持っているのか、見てみたかった。

それが周平を傷つけるなんて、考えなかった自分はバカだ。

勝手に動けば、怒るだろう。でも。傷つくなんて。そんなこと。

『俺のそばから消えて、悲しませるようなことをするなよ』

周平はそう言ったじゃないか。心の中で誰かが叫んでいる。

そうだった。周平が悲しむ。石垣だって、悲しむだろう。自分が傷つかなくても、傷ついたと思うだけで悲しむ誰かがいる。そんなこと、もう長く忘れていた。

「佐和紀さんから離れてください！」

声が響き、ドタドタと駆け込む足音がする。

財前だ。そう思った瞬間、佐和紀の記憶は途絶えた。

窓の外を見ながら、周平は落ち着かずに新しいタバコに火をつける。さっきからもう、三箱をカラにした。タバコに火をつけ、一口吸っただけで灰皿に押しつける。その繰り返しだ。

部屋の隅に立つ石垣の顔は色がなく、引き結んでいるくちびるが小刻みに震えている。

徘徊(はいかい)しているかもしれない佐和紀を探すために、谷山には車で市内を回らせている。ただいたずらに、一人になりたくなっただけかもしれないなんて、薄い可能性だ。ありえない。

佐和紀がいなくなったと石垣から連絡があり、大阪での用事を切り上げて戻ってきてから一時間が経過した。女の子を助けて大立ち回りを演じた挙句、交番に連れていかれたところまでは、石垣の聞き込みでわかっている。

女と歩いていったのを見たという大学生の証言に、石垣は警官を問い詰めたらしい。でも、誰と去っていったかはわからなかった。その女は由紀子だろう。間違いない。

「タモツ」

呼びかけると、小さく飛び上がった舎弟は素早く近づいてくる。殴られた方がましだと言いたげな、悲壮感漂う表情だ。

「あと一時間待って連絡がなかったら、桜河会へ行く」

石垣がハッとしたように顔をあげる。

由紀子が佐和紀に何もしていなければ周平が難癖をつけたことになるし、由紀子が問題を起こしていても桜河会との仲には亀裂が入る。

「由紀子の独断で、組は関係ないだろう。でも、行くぞ」

「……わかりました」

深刻な顔で、石垣が腕時計に目を向ける。

「一時間後だ。時間になったら、若頭と組長に電話する」

すべては賭けだった。自分の不始末で、組は面倒ごとに巻き込まれるかもしれない。

「……これはおまえの責任じゃない。いつまでも過去を引きずってきた俺の責任だ」

周平はまた新しいタバコに火をつけた。

あの女がいる土地に連れてきたのは、佐和紀を見せつけることで過去を慰撫したかった周平の弱さだ。忘れたつもりで忘れられず、男女かまわずセックスに溺れ、汚い手を使いながら若頭補佐の椅子を獲得した。脱ぐことのできない刺青の重さに打ち克とうと努力をした周平が、見返すためにヤクザらしくなればなるほど、由紀子はどんどんつまらない女になっていった。過去に縛られ、そこにだけ甘い蜜を求める。いつしか憐れみを感じるようになり、憎しみをぶつけるように抱くことで得ていた快感もなくなった。

大滝組長のために一幹部として骨をうずめる覚悟を決めたのもその頃だ。大滝組のトップを目指すか、独立するか、岐路に立たされる中で、組への恩義に報いることを優先させた周平は、墨を背負う前と何も変わっていなかった。

そんな自分だから、冷徹に振舞っても舎弟たちはついてきたのだろう。

それは皮肉なことだ。

「佐和紀に何かあったら、俺はあの女を殺す」

吸いもしないタバコが指の先で燃えている。

「アニキはダメです。やめてください。そのときは、俺がやります」

「バカだな。ちゃんと手は打つ。心配するな」

人知れずに女を殺すぐらい、やろうと思えばできる。今までそれをしなかったのは、由紀子が破滅と背中合わせに万能を持ち合わせているジョーカーだったからだ。桜河会に置いておく限り、使い道はいくらでもあった。だが、それもここまでだ。

もう一枚の切り札をわざとぶつけていることを知ったら、さすがの石垣も怒るだろう。組での出世や由紀子への復讐に興味を失った周平の前に配られたのは、使い方次第で大化けするハートのエースだ。その本人である佐和紀は、自分の魅力や強みにはまるで無頓着だ。だからこそ、大化けすると見込んだ。本心では、佐和紀を駒にはしたくないから、だから、釘を刺した。由紀子にも、佐和紀にも。

お互いに近づくなと、あれほど言ったのに。

由紀子は佐和紀に手を出し、佐和紀も周平を信じない。そんな佐和紀の気持ちさえ利用する自分のあさましさに、眉をひそめて夜鏡になったガラス窓の向こうを見つめる。

由紀子との過去を清算するにも、佐和紀を試すにも絶好の機会だから二人をぶつけるべきだと言ったのは京子だ。女でさえなければ組を継ぐのに一番ふさわしい京子は陰の実力者であり、三下から這い上がるのに知恵を与え続けてくれた相談役でもある。岡崎との義兄弟の関係以上に、京子との間には複雑な恩義が存在しているのだ。

佐和紀が、ただの女やキレイなだけな男であれば、こんなことは周平だって考えはしなかった。

危機的状況で佐和紀がどう動くかを知りたがっている京子は、かつて周平の裏で糸を引いたように、佐和紀を自分の手で育て上げるつもりでいる。それを可とも不可とも言えないのは、京子との力関係が理由じゃない。断ることはできる。でも、どんなに綺麗でも、佐和紀が一人の男だと思うから心が揺れる。将来性を摘み取ってまで束縛したくはないし、所詮は男でしかないところを愛している。

周平は、窓ガラスに映る自分の顔を見つめた。

二人が接触しない可能性もあったし、そうであればいいと周平も願っていた。何事もなく旅が終われば、また別の手を打つだけだ。なのに二人は想像通りの動きをする。

大滝組の若頭補佐として、どんな手を使ってでも問題を解決させてきた冷徹さは、ときに鬼のようだと言われてきた。それなのに、男の佐和紀を危険にさらすことが、こんなにも耐えがたい。

もし犯されて帰ってきても、それはそれ。と言った京子は冷たかった。踏みにじられても傷つくかどうかは佐和紀次第だと本気で思っているのは、自分と同じ強さを秘めていると信じているからだろう。今回で犯されてしまうなら、今までだってされてるわ、と笑っていた京子の顔を思い出し、周平は眉根を引き絞った。

器が小さいと言われてもいい。

佐和紀の身体には、女にも男にも、指一本触れさせたくない。

佐和紀には、過去を気にするなと言いながら、周平も割り切れているわけじゃなかった。最後までしていないのは事実でも、そこに至る途中の関わりはあっただろう。キスをしたり、少しぐらい快感を覚えたこともあったはずだ。その相手が女だったのか男だったのか、そしてどんな関係だったのか。気にならないわけがない。本当は指の一本ぐらい入れたり入れられたりしたんじゃないかと、そんなことを考え出すと無性に腹が立つ。

静まり返った部屋に、石垣の携帯電話の呼び出し音が響いた。

「財前からです」

石垣の言葉に、周平はタバコを消す。携帯電話を受け取った。

事件の裏を知れば、石垣はしばらく口を利いてくれないだろう。岡村や三井と違って、石垣はそういうことをする男だ。周平と意見がぶつかり合った結果、一ヶ月間の病院送りにしたこともあった。真剣だからこそ、こびへつらうことをよしとしない。そんな石垣も、いい男になってきた。

財前に連絡を入れて協力を仰いだ判断も的確で、想像以上の働きだった。

『いらっしゃいましたよ』

落ち着いた声に言われ、周平は手のひらをガラス窓に押し当てる。

『ホテルに向かってます。ロビーで待っててください。ケガもしてはりませんから、ご心配なく』

電話を切って石垣に伝えると、泣き出しそうに顔をしかめた。そのまま谷山に連絡を入れる石垣から背を向け、周平は闇に落ちた東山の稜線を眺めた。

ガラス窓に押し当てた手で拳を握る。身体の震えを止めて、大きく息を吐いた。

財前は間に合ったのか。本当に佐和紀は傷つけられていないのか。

平常心を装っても、ガラスに映る自分の表情は固く、不安に胸を掻きむしられる。

こんな姿を京子が見たらなんと言うだろう。情けないと叱り飛ばされるか、よかったわねと同情してくれるか。……おそらく、ほら大丈夫だったでしょうと笑うに違いない。

石垣を伴い、ロビーへ下りた。吹き抜けの天井からシャンデリアが吊り下がり、並べられたソファーでは宵山に繰り出す客と戻ってきた客が交錯していた。

佐和紀の無事を確認するまでは安心できないと、固い表情で立っている石垣がまず気づいた。車寄せの自動扉の向こうから財前が入ってくる。

腕を摑まれた佐和紀は、眼鏡をかけてないだけで乱暴された形跡はなく、消沈したように歩いてくるのがまるで家出中に保護された高校生みたいだ。

「姐さん……」

駆け寄った石垣が何か言おうとするのを、財前が手のひらで制した。佐和紀の様子は、遠目に見たときよりも歴然とおかしかった。心ここにあらずといった放心状態だが、周平と石垣を見てにこりと笑う。その『にこり』が問題だった。

「薬を飲まされてます」

近くに人がいないことを確かめて、財前は声をひそめた。

「明日の朝には抜けると思いますが、記憶はないでしょう。ただ……」

話を黙って聞いていた石垣が、佐和紀を覗き込む。

麻薬を作って執行猶予がついたことのある石垣の専攻は薬学だ。財前の説明だけで閃いたのか、佐和紀の様子をうかがって身を引く。周平に向かって、危険な状態ではないことを視線で告げてくる。

その薬は、効き目が切れた後、その間の記憶がなくなっているという代物だった。

「あの女が自分も楽しむ目的だったなら……厄介かもしれません」

財前の目が鈍く光り、間違いなくそうだと告げてくる。

「わかった」

引き渡された佐和紀は人前にもかかわらず、素直に身を任せてきた。

「岩下さん、これは貸しです」

佐和紀を眺めていた財前が、はっきりと言った。

「それと、この前、佐和紀さんから頼まれました。しつこかったんで、いつか完成させると約束しました」

何がと言わないのは、石垣がいるからだ。

「なんや、不思議な人やな……その人は。大胆に切り込んでくるかと思ったら、妙なところで抜けてる。警戒心やとか人の裏を読むとか、そういうことが中途半端なんやろうな」

財前の視線が和らぐ。それが今の佐和紀だ。周平が守り、京子が育てている。

負けん気が強くて向こう見ずで、長いチンピラ生活がその身に染みついた『あひるの子』だ。薄汚れた羽根が抜ける今はまだ滑稽でも、最後には美しい白鳥になるからと京子は笑った。

それは事実だ。朝、腕の中で目覚めるたびに、佐和紀は眩しいほど綺麗になっていく。

「真正面から来られて、うっかり請けてしもうた」

財前が苦笑を浮かべて、盆の窪に手をやった。

「そやから、もう一度、考えるぐらいはしてみます」

周平は腕の中にある温かさを、強く抱き寄せる。

自分のできないことをやってのける佐和紀の髪が、頬をくすぐった。

「なんだってついていったりしたんだ」

石垣を部屋に戻らせ、佐和紀をソファーに座らせた。ひとり言のつもりで聞くと、

「知りたかったから」

ぼんやりとした佐和紀が答えた。普段とどこも変わらないように見えても、薬が効いている。それが恐ろしいところだ。話すこともできるし、ものを考えることもできる。

身体の感覚もあるのに、明日になれば薬が効いている間の記憶がごっそりと抜け落ちて

しまう。

　石垣が作った薬を、周平も人に試したことがあった。その恐ろしさを実感したからこそ、警察に垂れ込んで石垣を捕まえさせたのだ。大学生が遊びで作るようなものじゃない。

「何を？」

　足元にしゃがみこみ、顔を覗き込んだ。綺麗な顔には涙の跡がある。帰ってくる車の中でだろうか。それとも由紀子の前で泣いたのか。

「周平が、好きだった女……。どうして、だろうって」

　答えてやると、佐和紀の手が持ち上がる。両手で摑んだ。

「あの頃はバカだったんだ。勉強しかしてこなかったからな」

　どうして由紀子が自分に執着したのか、周平は今でもわからない。その発端は、本人が言うように愛情なんだろう。でも、美貌と優しい言葉に騙され、セックスに夢中になった。それが媚薬によるものだと気づかず、由紀子としか味わえない快感が特別なものだと信じ込んだ。

「佐和紀……。俺はおまえが大事なんだよ」

「……うん」

　本当にわかっているのか、佐和紀は素直に首を振る。

「石垣を、怒らないでやってよ。俺が悪かったんだ」

「おまえに何かあったら、腹を切りそうな勢いだった。頼むから、俺の舎弟を殺してくれるな」

「……うん。ごめんなさい。わかってなくて、ごめん。信じてなくて……ごめん」

明日になれば、すべて忘れる。なのに佐和紀はうなだれて言う。

「何をだ。何がわかって、何を信じてなかった？」

「周平が俺を好きだってこと。たぶん、俺が思ってる以上に、おまえに惚れられてて……俺が死んだら、きっと泣いてくれるんだろうなって。……オヤジもそうだったと思う」

オヤジと呼ぶのは、佐和紀がいたこおろぎ組の松浦組長のことだ。

「死ぬことと、金で最後までさせることだけはするなって言われてた。ずっと意味がわからなかったんだ。あの人のために死にたかったし、あの人のためなら誰とだってセックスできた。でも、おまえと一緒になって、家族だって言われて。あいつらがいて、京子姉さんがいて、岡崎のバカもいて……。俺さぁ、わかった。どうして、オヤジがまっさらでいろって言ったか」

うつむいたまま、佐和紀は話を続ける。

「おまえがさぁ……。誰と寝て、誰を好きで、誰に傷つけられたか。考えると、はらわたが煮えくり返る。すごくムカつく。でも、そんな想い、おまえにさせてないなら、俺はそれでいい……。俺みたいな男がしてやれることなんて、そんなことぐらいだ。嬉しいって思ってくれるよな？」

まっすぐに見つめてくる佐和紀から、周平は視線をそらした。

「ダメ……？」

「いや、違う」

うつむいて、周平はまぶたを手のひらで押さえた。チンピラのままでも佐和紀は生きていける。でも京子に従い、無意識に変わろうとしているのは、違う生き方を選ぼうとしているのは、周平にふさわしい人間になりたがっているからだ。

「泣かせるなよ」

冗談っぽく口にしてごまかす。ぐっと込み上げてくるのは、長年忘れていた感情だ。

「泣けばいいだろ」

「……『そんなこと』じゃない。俺みたいに汚れた男のところに、まっさらで嫁に来るなんてのは、奇跡なんだよ。おまえには価値がある……」

ふさわしくないのは自分だろうと、周平は目を細めながら考えた。

京子に背中を押されるまでもなく、佐和紀を窮地に立たせることをわざと画策した。信じていると言いながら、試している。

「汚れてないよ、周平は。キラキラした男前だ。俺に、価値があるって言ってくれるし」

薬で気持ちが解放されている佐和紀は晴れやかに笑った。

「……セックスの相性じゃないんだぞ」

気がついて念を押すと、意外そうに佐和紀は目をしばたかせる。周平は肩を落として、どこまでも疎い相手に笑いかけた。

「違うよ、バカだな。外へ出してやる。教えてやるから、仕事をしろ。チンピラじゃない仕事だ」

「めんどくさ……」

薬で酩酊していても、佐和紀は佐和紀だ。本音とは逆の悪態をつく。

その頬を軽く手のひらで叩いて見据える。佐和紀は気にもせず、笑って言う。

「周平。おまえが死んだら、泣くよ。でも、おまえは泣かないで欲しいんだ」

「……無理を言うな。俺より、一秒でも長く生きてくれ。そうすれば心配しなくていいことだ」

「そっか……。そうすれば、いいのか。俺、そうする」

「そうしろ」

素直すぎるところに調子が狂う。すごくかわいく思えて、周平は手のひらで頬を撫でた。くちびるを寄せると、佐和紀はソファーから滑り落ちるように腕の中へ飛び込んでくる。

求め合うくちびるが乱暴に重なった。絡めた舌先の濡れた音が、恥ずかしげもなく響く。

「んっ……」

佐和紀は大胆だった。両手で周平の頬を包み、舌を吸い上げてくる。

「……由紀子に何をされた？」

甘く震える息を吐き出し、佐和紀が焦れたように上半身をよじらせた。

「何も、されてない。筆おろしをビデオに撮って周平に見せてやるんだってほくそ笑んでたけど、あんな怖い女相手に勃たねぇよ」

だから媚薬を仕込まれたのだと、佐和紀は気づいていないのだろう。

「ビデオか。それも悪くなかったかもな」

何事もなく腕の中に戻ってきた後だから言える。

「ふざけんな。俺は嫌だ……」

くちびるを離さず、佐和紀が視線を合わせてきた。隠そうともしない欲望が、周平に火をつける。浴衣の上から、引き締まった腰のラインを撫でおろした。正座した周平の足の上に乗った佐和紀が背筋を伸ばしながら目を伏せる。

乱れた裾を引っ張り、ボクサーパンツの中へ手を入れた。股間の柔らかな肉を揉むと、くちびるをついばんでいた佐和紀が小さく声をあげた。熱っぽい息が濡れたくちびるに吹きかかる。

「本気で……」

消え入りそうな佐和紀の声が聞き取れない。言い淀んで黙り込んだ。

薬を仕込まれた身体は、周平の言葉を拒めない。そのことに罪悪感を抱きながら、周平は続きを促す。乱暴にはしない。だから、少しだけ……。そう思う。

貸しだと言った財前の言葉の本当の意味を理解しかけた瞬間、佐和紀が声を大きくした。

「本気でしたら、どうなんの」

「されたいのか。……どうせ忘れるのに」

「え？」

「いつだって本気だよ、俺は」

「嘘つけよ。手加減してるって言ってるだろ、いつも」

佐和紀が睨んでくる。その手がワニ革のベルトをはずそうと動いた。

「あー、そうだな」

周平は脇の下に腕を通し、抱き上げるように立ち上がった。

「本気でやったら殺されるのは俺の方だ。明日の朝にはそのあたりで干からびて死んでるかもな」

笑いながら鼻先に嚙みつくと、首に腕をまわそうとしていた佐和紀が目を白黒させて飛びすさった。すかさず腕を引き寄せる。

「おまえが一晩で何回イケるか、回数を数えてみたい」

「言えよ。続き」

顔をあげる佐和紀のあごに指をかける。

「声が嗄(か)れるぐらい感じまくった後で、泣きじゃくってるおまえに後ろから突っ込みたい。口の奥までくわえさせて、涙目で見られながら出したい。ついでに、口の中に出した俺のザーメンで、自分をほぐしながら『挿れて』と言わせたい。……それが俺の本気だ」

何を聞いても佐和紀は忘れる。何を言っても、引くのは今だけだ。

「そうやって引いて、嫌がるのを無理やり抱くのも悪くないな」

「……普通の女は泣くだろ」

「おまえは女じゃないだろ？」

「でも、引く」

はっきり言った佐和紀は、それでも逃げようとはしなかった。

「……女じゃないし……、ホントにしたいなら、ひとつぐらい……」

するりと沈み込むのを止める間がなかった。その場にしゃがみこむ。

スラックスを下ろし、もう形が浮き上がっている下着の上からくちびるを押し当てられた。見た目よりも厚みのある感触に、そこがびくりと反応する。

「……これ、好き……」

引きずり出したものに頬ずりしそうな勢いの佐和紀は、熱い息を吐き出し、うっとりとつぶやく。媚薬のせいなのか、握ってくる指はひどく熱い。音をさせながら舐(な)める舌先の動きは、いつものようにぎこちなかった。でも次第に奔放になっていく。膝立ちで伸び上がりながら手でしごかれ、根元を吸われる。

荒くなる息をゆっくりと吐き出しながら、周平は腰の前で揺れる髪を見下ろした。

「そこも舐めて」

佐和紀の指がそっと持ち上げる柔らかな部分。

逆らわないのは薬のせいだ。わかっていて、興奮する。皮を食まれ、吸われ、まとわりつく唾液が乾く間もないほど舌が這い回る。佐和紀は懸命だ。

「夢中だな」

「……よくない？」

「よくなかったら、こんな状態になるか」

「だよな……」

舌先がチラチラと鈴口をなぞり、先端を口に含まれ吸い上げられる。

「そんなに強く吸うな。パックジュースみたいだろ」

「……でも、先走りが甘い」

「かわいいことを言うなよ。うっかり出そうだ。佐和紀、自分で乳首触ってみろ」

「……んっ」

片手が忙しくなると動きが止まる不器用なくちびるを、指先で撫でて開かせる。無意識に迎えに出てくる舌に、周平は自分で支えた先端をこすりつけた。

女だけじゃなく、男相手にも繰り返してきた行為のはずが、罪悪感と背中合わせに込み上げる興奮が抑えきれない。

「指で摘まんで。こすり合わせて……」

「んっ、はぁ……ぁ。んん……」

乳首を自分でいじる佐和紀が目を閉じる。周平をくわえたくちびるの端から、溢れ出た唾液があご先を濡らしている。

「んく……っ、ふっ……」

「自分で触れよ。もう限界だろ？」

うっすらと赤い目元に涙が滲んでいて、もっとねじ込みそうになる腰を引くと、くちびるが追ってきた。

ジュルッと音をさせて吸われる強い刺激に、声を殺して快感をやり過ごす。

膝立ちのままの佐和紀はいつのまにか自分の下腹部に手を伸ばしていた。待ちきれないのか、促すまでもなく、浴衣の裾を掻き分けて引き出した昂ぶりを両手でしごき始める。

「このまま、口に出すぞ」

「ん……んっ」

リズミカルな息が周平の皮膚をくすぐる。根元から中間までを手で強くこすった。

「……くっ」

　見上げてくる佐和紀と視線を合わせたまま、腰が大きく震えた。解放感が腰から先端へとうねりながら飛び出していく。逃げようとする佐和紀の頭部を両手で押さえた。

「ん、ふっ……んっ！」

「こぼすなよ」

　そう言っても無理だ。男の精液を初めて口で受け入れて、平常心でいられるわけがない。毎晩射精しても少なくならない迸りを最後まで絞り出すと、足に両手をすがらせていた佐和紀の目がいっそう赤く充血した。

「出せよ」

　シャツを脱いでくちびるに押し当ててやる。引き剥がすと粘液が糸を引いた。

「濃い……。もっと」

　まだ舐めようとする額を押し戻す。

「周平のが舌に当たると、気持ちがいい」

　だから、もっと舐めさせろと訴える瞳はとろんと潤んでいた。媚薬の効果に沈んでいる身体を抱き上げる。やっと、財前の言葉の本当の意味が理解できた。

　貸しというのはこのことだ。佐和紀を助けたことじゃない。純情可憐なくせに強がりで威勢のいい男を、たった一晩だけ好きに抱くことができる。

そのチャンスを財前は差し出してきた。それこそが『貸し』だ。

「安いぐらいだ」

どんな代償を支払っても、佐和紀の価値の方が大きすぎると、ベッドに下ろした身体にのしかかりながら考えた。帯をゆるめてしどけない浴衣姿の前を開く。

「どうして欲しい。ここを舐めるか。それとも奥か？」

ずり下がった下着から飛び出している性器はもう反り返っている。

「う、後ろから」

さっきのバカげた本音を覚えていたのだろう。下着を脱いだ佐和紀がのろのろと寝そべり、浴衣をたくしあげる。その手を摑んで乱暴にベッドへ押しつけた。

「……男がいつまでも、優しくすると思うなよ」

限界だった。この五ヶ月間。我慢しすぎたぐらいにこらえてきた。

その理性が一気に瓦解(がかい)する。腰を引き上げてベッドサイドのローションを手に取る。

「あっ……やっ」

唾液で濡らした入り口を指先でなぞり、ローションの容器の細くなっている先端をあてがった。

「……つめたっ……ん、んっ！」

一気に中へ絞り出すと、佐和紀はベッドカバーに取りすがる。

液体を注入される違和感に震える柔らかなヒップを撫で回し、ローションを抜いた。ぬめりが中から溢れるのを、押し込むように指を差し入れる。

「はぁっ……ぁ。あ……んっ……」

喘ぐ佐和紀の腰を指で犯した。じっくりと内壁をこすり、根元まで飲み込ませる。指を軽く曲げたまま引き抜くと、腰を高く上げた佐和紀が、あごをそらして息を継ぐ。

「気持ちいいだろ？」

「あ、はぁっ。……いい……もち、いっ……」

一度も射精していないモノから溢れる先走りがカバーの生地にシミを作る。そんなことを気にする余裕もない佐和紀は首を激しく振った。腰を両手で摑んで引き寄せる。硬く張り詰めたモノは、なんの支えも必要とせず、狭い肉壁を押し広げていく。

「……かたっ、い……やだっ……こ、んな……」

前後に動かしながらねじ込むと、ローションのぬめりがいやらしい音をさせた。

「ま、て……。はやいのっ、……ムリッ……」

片膝を立て、逃げる腰を引き寄せる反動でピストン運動を繰り返す。

佐和紀のそこは快感で引き締まり、波打つように絡みつく。淫らな動きの卑猥さに、胸の奥が疼いた。

「うそ、だろ？」

息を乱しながら腰骨を強く摑んで引き寄せる。

指が肉に食い込み、肌と肌がぴったりと触れ合う。

「欲しいんだろ。こうやって……ズコズコされると、泣くぐらいイイだろ。言えよ」

その命令に逆らえないことを知っている。知っていて口にした。

滑稽に聞こえる言葉ほど、羞恥を煽る。着崩れた浴衣の衿から見えるうなじを赤く染めて、佐和紀が鼻をすすりながらぐずった。

「……して……、かた、いの……ズコズコして……あ、はぁっ、はぁっ……」

恥ずかしい擬音を口にしたことでキュッとすぼまる場所に、周平はぐいぐいと肉の杭を押し込み、こすりつける。

「き、もちい……きもちいぃ……やだっ、も……あ……ぁ、あーっ、あぁっ！」

叫び声をあげて背中をそらし、涙を拭いながら佐和紀が腰を突き出した。

「……いいッ、しゅうへ……ズコズコって……もっと、もっと……」

「中出し、して欲しいよな？」

「ンッ……んんっ。され、たぃ、……中、中にッ」

最低だと思いながら、周平は耳元に次々言葉を注ぎ込む。

普段なら口にしない言葉を、欲情で濡れ、舌ったらずな佐和紀の声が、喘ぎながら繰り返す。

「ナマで……ッ、出して……。奥に、いっぱいッ……」

「……くっ……」

「あっ、あっ……も、やっ……やっ……」

片腕を引いて、半身だけを起こし、さらに激しく腰を打ちつける。

「だめっ……ゴリゴリって、かたいのッ……あ、あぁーっ！」

佐和紀の身体が痙攣（けいれん）する。

「来るッ……あ、あ、あぁっ」

不安定な体勢のまま、声を引きつらせた佐和紀は精液を撒（ま）き散らした。泣きじゃくって、這いながら逃げようとする肩を押さえつける。結合する角度が変わり、悲鳴に合わせて腰が跳ねた。

「逃がさない。……今夜は」

「だめっ……おかしく、なるッ……」

許してくれと泣く佐和紀の身体を抱き寄せて引き起こす。射精したばかりの先端に触れると、敏感になりすぎているのか、痛いと泣く。周平は指を止めない。泣き声に喘ぎが混じり、佐和紀は淫らな単語をうわ言のように繰り返す。額に流れ落ちる汗をそのままに、全身の力で抵抗を押さえ込んだ。

さらにいやらしい言葉を耳打ちした。下品で猥雑（わいざつ）な表現を嫌がる身体は、いつしか拒むことさえ忘れていく。

わずかに残った理性は、罪悪感という倒錯のスパイスにしかならなかった。

＊＊＊

目が覚めると、知らない部屋の天井が見えた。コーヒーの匂いがする。

「……」

柔らかな枕(まくら)に頭を預け、手足を放り出して大の字に眠っていた佐和紀は、自分の身体に絡みついている白いシーツに気がついた。ここがどこなのか、思い出す。

京都だ。周平と一緒に京都に来ている。ジュニアスイートと呼ばれる豪華な客室だ。ベッドがふたつに大きな窓。東山と南禅寺(なんぜんじ)の山門が見えて、足元のチェストの向こうにはソファーセットがある。

ぼんやりする頭で昨日のことを思い出そうとした。どこかで途切れた記憶。木屋町通(きやまちどおり)で酔っ払いとケンカして、いい汗をかいたと思ったら警察にしょっぴかれた。

そして。由紀子だ。由紀子とマンションの部屋に入った。

「入った、よな」

夢のような気がした。頭の芯が重だるい。

それより、どうして、こんなにシーツが身体に巻きついているのか、知りたかった。いつもきれいなベッドメイクがぐちゃぐちゃだ。ふと気づくと、隣のベッドもひどい。ベッドカバーは見当たらず、マットに差し込まれているはずのシーツが簡単に掛けてあるだけだ。

「何、これ」

自分の身体に巻きついたシーツと格闘して、佐和紀はベッドから転がり落ちた。

「いっ、た……」

全裸だった。浴衣の帯さえないどころか、覚えのあるだるさが腰を覆っている。

「した、のか？」

覚えていない。佐和紀は真っ青になった。よろよろとベッドに取りすがる。

由紀子のマンションで何かがあったのだ。たぶん、薬を仕込まれた。

「……嘘だろ」

まだ入っているような感覚がある。でも、傷ついてはいないのか、痛みはなかった。立ち上がろうとしたが足に力が入らず、腰に痛みが走る。ベッドから垂れ落ちたシーツを鷲掴(わしづか)みにして引き寄せた。

「落ちたのか？」

バスルームの方から声がして、ガウン姿の周平が現れた。ベッド越しに見下ろされ、佐和紀は慌てて目をそらす。

「風呂の湯を溜めたから、入れよ。すっきりする。……手伝ってやるよ」

ベッドを回って近づいてくる周平の手を押しのけた。優しくされるとつらくなるだけだ。

「怒ってるのか。おまえはなぁ……、ワインを飲むのはもうやめろ」

「ワイン？」

「由紀子のところで飲んだんだろ？　手に余るからって押しつけられた財前が送ってきたんだよ。後は言わなくても、わかるよな？　奥さん」

そばにしゃがんで、甘く呼びかけられる。

「……俺に何をしたんだ」

「してくれって言ったのは、そっちだ」

「嘘つけ！」

周平の目がついっと細くなる。

「おまえが俺になんて言ったか、教えてやろうか」

「ひっ……！」

声が喉に詰まってひっくり返る。思いっきり首を左右に振った。

「いら、ない。いらない。いりません！」

周平の話か本当かどうかは、あとで財前に連絡を取ればわかるだろう。

「覚えてないってのが最低だな。まぁ、俺だけの思い出にしておくよ。いい夜だった」

そっとくちびるが重なる。

髪を撫でられ、うっとりと目を閉じかけた佐和紀は眉をひそめた。

「それでこの大惨事か……。ベッドカバーは？」

「ルームサービスと引き換えに持っていってもらった」

「あああああ」

佐和紀は頭を抱えて、柔らかなベッドマットに額を打ちつける。どうしてそんなことになったのかは、聞くまでもない。ワインは鬼門だ。日本酒と焼酎に慣れた身体は、洋酒の中でも特にワインと相性が悪い。

「風呂入って用意しろよ。山鉾巡行に間に合わなくなるぞ」

ベッドに肘をついて頭を支えた周平が、笑いながら佐和紀を眺めている。

「もう、明日、帰るんだな」

「そうだよ。今夜はおまえに思い出を作ってやるから、そうヘコむな」

指先が胸へ伸びてくるのを叩き落として睨む。佐和紀は息を吐き出した。

「どうせ、ろくなもんじゃないだろ。おまえといると、ピンク色の思い出ばっかりだ」

腕を引き上げられてよろよろ立ち上がると、膝の裏をすくいあげられた。

周平の腕に横抱きにされる。

「太ったな。幸せ太りってやつだろ」

「死ね……」

悪態をつきながら、佐和紀は手を周平の肩にまわす。他の誰かに犯されたと思い込んだだけに、安堵感は甘酸っぱく胸に広がった。

「腰がだるい……」

疲れた振りをして、上半身を厚い胸に預けていく。周平を傷つけることにならなくてよかったと、心からホッとした。


市役所の前に設えられた観覧席の二列目の端が佐和紀と石垣の席だった。

午前中とはいえ、コンクリートに照り返した日差しは眩しいほど強い。

四条通を出発した『山』や『鉾』は、辻回しと呼ばれる角での方向転換を二度行って市役所前の通りに入ってくる。背の高い『鉾』は目に見えて迫力があり、こぢんまりとしている『山』の方も仕掛けが施されていておもしろかった。

「飲み物、飲んでくださいね」

ガイドブックを片手に説明してくれる石垣が、熱中症を気にして麦茶のペットボトルを渡してくる。こんな暑さなら冷えたビールがおいしいに決まっているが、さすがに自重した。昨日の疲れがまだ残っているし、石垣の手前もある。昨日の失踪（しっそう）については顔を合わせてすぐに謝ったが、恨み言のひとつも口にしない石垣の態度は身に沁（し）みた。

「からだ、つらいんですか？　昨日、飲みすぎたんでしょう」

石垣が苦笑した。

「あ、あぁ……」

そういうことにしておきたいが、胃の疲れはほとんど感じず、腰のだるさの方を引きずっている。それどころか、足の付け根と内太ももが無性に痛い。誰かに訴えて発散したかったが、石垣に言えば何があったのか、一発でバレてしまう。

足を開かされすぎたなんて想像されるのは絶対にイヤだ。それが事実でも。

「悪くない旅でしたね」

佐和紀の反応を受け流した石垣は、『山』に続いてぞろぞろ歩く、浴衣の町衆を眺めて言った。

「そうだな。京都ってまだまだ寺とか神社があるんだろ。嵐山（あらしやま）だっけ、あのあたりも行きたいよな」

「桜か紅葉の頃がいいでしょうね。……姐さんも古い建物を見るのは好きですよね」

「よくわかってないけどな。タカシのバカはダメでも、シンは付き合ってくれそうだ」

「タカシだって、姐さんが言えば喜んで荷物持ちしますよ。伝統的なものを鼻で笑うヤツじゃないですから、楽しいんじゃないですか。騒がしくて」

相棒の肩を持つ石垣の横顔を、佐和紀はちらりと見てうなずいた。

「……周平がな、怒るのかな」

舎弟三人と旅行に出ると言って、果たして認めてくれるだろうか。何をどう間違っても三人との間に恋愛感情なんて生まれない。でも、冗談なのか、本気なのか。たまにそんなことを気にしている口調で話を混ぜ返してくるから気を使う。

「別に、岡崎と二人で行くわけじゃないしな」

「……岡崎のアニキとなら、間違いが起こりそうなんですか」

「アレは勝手に盛り上がるだろ？」

「アレって……」

大滝組の若頭なのに、と言いたいのをこらえた石垣が肩を落とす。

「でも、あの女がいる限り、無理だろうな」

「……そうでしょうね」

石垣が佐和紀を振り返る。由紀子がいる限り、京都は周平なしで入れない場所だ。

「京都に魔物がいるのは相場ですから、気にしないことですよ」

「気にしなくったって、向こうから来るだろ」

佐和紀はあおぐ団扇から生まれる風にあごをそらした。汗が冷えて気持ちがいい。

涼しげな薄青の絽の着物が今日のスタイルだ。眼鏡を由紀子のマンションに忘れてきたので、コンタクトをつけている。

「姐さんから アニキの匂いがしてるんじゃないですか」

「……」

「そこで黙らないでください。すごく困ります」

石垣は真剣な顔でガイドブックをくるくる丸める。

「おまえが余計なこと言うからだ……」

二人してバツが悪くなった。

「なぁ、石垣」

「はいはい」

と気のない返事をする石垣だったが、観覧席の後ろを振り返った佐和紀が、

「あれ、迎えに来た男だろ」

そう言うと機敏に反応した。警備員と押し問答になっている男は、京都駅まで迎えに来た桜河会の真柴だ。中に入ろうとして止められている。

「俺たちに用かな。俺、行ってきます」

石垣が立ち上がると、真柴が指を向けてきた。その様子にただならぬものを感じ、佐和紀も後を追う。真柴とは初日に顔を合わせたきりだ。

何をそんなに焦っているのか、理由に心当たりはなかった。石垣と佐和紀が近づくと、警備員を睨みつけていた真柴は二人の腕を引っ張った。人の少ない建物の脇まで連れていかれる。

「何なんだよ」

挨拶もしない相手に苛立った石垣が、佐和紀の腕から真柴の手を引き剝がした。背中にかばうように半歩前へ出る。

「おまえに話があるんやない」

よほど気が立っているらしい。真柴は今にも摑みかかってきそうな勢いで声をひそめた。

「俺か」

佐和紀が前へ出ると、押しのけた石垣に押し返される。

「あんたは昨日のことを忘れたんですか」

勝手をするなと言いたげに睨まれた。

ごもっともすぎて佐和紀が怯むと、真柴が声をあげた。

「ソレや。昨日の夜、あんたを助けに行ったんは財前や。その車を回したんは、俺」

目を見開いた真柴の迫力に負けて、石垣と佐和紀は黙った。

「そやけどな。うちの姐さんが、それを許すと思うんか」

「助けに、って」

佐和紀は眉をひそめる。

ワインを飲んだ佐和紀が手に負えないから、財前は押しつけられたのだと周平は言った。

「それはそっちの問題だろ。うちの姐さんには関係ない」

石垣がすげなく答え、真柴が目を剝く。

「はぁっ？」

おとなしくしていれば好感度の高い営業マンも、火がつけば、気性の荒いヤクザの顔になる。

「いちびっとったら、いわすぞ！　くそガキがッ」

「なに？　そっちの言葉で怒鳴れば、引くと思うなよ」

ドスの利いた真柴の啖呵を真正面から受け止めて、気色ばんだ石垣も負けていない。

「黙ってろ。タモツ」

佐和紀は、その肩を引いた。

「姐さん！」

「西と東の違いでケンカするなら、後にしろ。どっちも田舎者に違いはない」

「……言うなぁ、あんた」

額に汗を光らせた真柴がにやりと笑う。

「別に、そんなもんだろ」

とうそぶきながら、佐和紀は背筋を伸ばした。

「周平の肩を持った代償を、財前が払わされるって話だな？」

「これは、おまえとこの問題やろ」

周平と由紀子と財前。この三人の関係を、真柴がどこまで知っているのか、それはわからない。しかし、かなりのところまで本音を話すほど、真柴と財前の二人が懇意なのは間違いなさそうだ。

「おまえが間に入ってやればいいだろ」

石垣が佐和紀の前に出た。肩越しに振り返り、今度は佐和紀へ言った。

「姐さん、ダメですよ。これが罠だったらどうするんですか。昨日の今日で！」

「俺は財前に借りがある」

「姐さんが返すべきものじゃないでしょう。アニキに連絡を取ります」

「そんな悠長なこと、言ってられへんのじゃ！」

石垣を押しのけて、真柴が佐和紀の腕を摑んだ。

とっさに真柴の胸元に摑みかかった石垣の腕を、佐和紀が握りしめる。

「引け。石垣」

佐和紀の声に、石垣が唸った。至近距離で睨み合う二人は引かない。建物の陰とはいえ、人目につかない場所ではなかった。

「二人ともやめろ。……真柴、俺を見てみろ」

石垣との睨み合いは止まらない。頭に血が上っている真柴に腕を掴まれたまま、佐和紀はとっさに二人の間へ身を押し込む。真柴の硬いあごを掴んだ。

「見ろ」

上背のある真柴が見下ろしてくる。意志の強さが表れた目は、普通の人間なら三秒も見ていられないと思えるほど眼光が鋭い。

「財前はガキん頃からのツレなんや。右手までつぶされたら、あいつはもう、あかんようになる」

視線をまっすぐに受け止める佐和紀に、戸惑っているのは真柴の方らしい。

「あの女……」

佐和紀は自分の体温がスッと下がっていくのを感じた。夏だということも、一瞬忘れた。

汗が引き、鼓動が静まる。

周平の人生を玩具（おもちゃ）のように扱い、今でも嫌がらせのためには手段を選ばない悪魔のような女を思い出す。

財前の右手をつぶされたら、もう周平の刺青が完成することはなくなるのだ。

「俺が話をつける。連れていってくれ」

考える前に言葉が出た。驚いて振り返った石垣に、

「この男が間に入って、どうにかなる相手じゃない」

と言い聞かせた。それだけじゃない。真柴は桜河会で生きていけなくなるだろう。

「そこまでして、どうなるんです。とにかくアニキに相談しましょう」

石垣の言い分は真っ当だったが、佐和紀には納得できない。財前をつぶすことで、まだ周平を苦しめようとする由紀子が許せなかった。

周平の忠告を無視して、由紀子についていったのは佐和紀だ。もし財前の右手もダメになってしまったら、周平の刺青は佐和紀のせいで半端なままになる。

だからあのマンションには、由紀子しかいなかったのだ。『大滝組若頭補佐の嫁』という看板を背負った佐和紀に手を出すよりも、財前にヘタを踏ませることの方が低いリスクで最大限の効果を期待できる。彼女にとっては、すべてが娯楽の延長線上だ。

「その先に俺のバイクが停めてあります。急いでください」

「待てよ、車じゃないのか。この人、着物だぞ。ふざけんな」

自分を無視する真柴を、石垣が睨んで引き止める。

「この町はバイクが一番早いんや」

「服はなんとでもなる。タモツ、おまえは周平に連絡して後で来い。こいつに住所を教えてやって」

「姐さん！」

石垣が腕にしがみついてくる。

着物姿の男を争う三角関係に見えるだろうか。観光客の視線がそろそろ痛くなってきた。

「絶対、行かせないっ。あんたは俺が、昨日、どういう気持ちだったか、わかってないんだろ！」

「……財前に何かあって困るのは周平なんだ」

「でも、あんたが行くことない。佐和紀さん」

わかってくれとすがってくる目は、佐和紀がケガをしたり傷ついたりすることを恐れている。

「あの女は、周平が正面からケンカを買えないってわかってて売ってきてるんだ。自分のアニキ分がそこまでコケにされて、おまえは平気か？　……俺は無理だ」

自分が侮られるよりも腹が立つ。周平の身動きが取れないなら、代わりに動くまでだ。頼まれたかどうかも関係ない。佐和紀が守りたいと思う周平の体面のためにやる。

「俺が女相手に負けると思うのか」

「そうじゃない。多勢で来られたら」

「知るか。そんなこと。相手はあの女だけだ」

「冷静になってください。あんたにもしものことがあったら、今度こそ……」

俺はアニキに殺される。そう言外に脅してでも止めようとする石垣は必死だ。しがみついてくる腕をほどくと、さらに追いすがってくる。

振り向きざまに左頬をぶった。返す手の甲で、さらに反対を打つ。

「俺が行くことでおまえが死ななきゃいけないなら、死んでくれ」

「あんた……」

石垣が呆然とした顔になる。

「こんなことで……、死ねって言うのか」

「俺が決めたことに、おまえが甲乙をつけるな。従うのか、従わないのか。どっちだ」

所詮は石垣も、周平の舎弟だ。佐和紀との関係は、世話係に過ぎない。

わかっていて、佐和紀は言った。

「死ぬに決まってんだろ。くそっ……」

悪態をつきながら、膝に両手をついてうなだれた石垣が顔をあげる。

「うちの姐さんの足を引っ張るなよ」

神妙な面持ちでうなずいた真柴が、マンションの所在地を告げ、佐和紀を促した。

「佐和紀さん」

引き止めるためではない石垣の声には不安が溢れていた。だから、肩越しに振り返る。

「行ってくるよ」

声をかけて笑うと、石垣は腰を九十度に曲げた。

「お気をつけて……いってらっしゃいませ」

静かな送り出しから不安の色が消える。それを背にして真柴の後を追った。山鉾見物の人波を避けて通りを越え、道の端に停めてある大型のバイクに近づく。ヘルメットを渡された。

「あんた、元は何モンや」

「……チンピラ」

ヘルメットをかぶって答えた。

「まぁ、どっちかっていうと、ホステスの方が長いな」

「なんやねん、それ。……嘘かホンマか、全然わからん。あの男、旦那(だんな)の舎弟やろ」

バイクにまたがるのを手伝おうと伸ばしてくる真柴の手を無視した。

今まで舎弟を持たなかった佐和紀は人を従わせたことがない。さっきのことは行きがかり上の成り行きだ。着物と襦袢(じゅばん)をまくり上げて帯に挟む。足を剝き出しにしたまま、バイクの後部座席には自分で乗った。

「しっかり摑まってとか、気持ち悪いことは言うなよ」

早く来いと、手のひらを上に向けて手招きする。

「……それぐらいの役得くださいよ」

ヘルメットをかぶった真柴が気の抜けた声で言った。

バイクがどこに向かっているのか、佐和紀にはよくわからない。

もしかして騙されてるかもな、とぼんやり考え始めた頃、バイクが停まった。住宅街の路地だ。

「マンションはその角を曲がったところです」

道を示されて、バイクを降りた佐和紀はヘルメットを投げ返した。

「全然、覚えてないけど……。まぁ、いいや。部屋は？」

マンションの入り口は見えない。

「いや、俺も行きますから」

部屋番号を答えた真柴が、ヘルメットをバイクにくくりつける。一人で乗り込むつもりだった佐和紀は眉をひそめた。着物の裾を直して、静かに息を吐き出した。

「おかしいだろ、それ。……結局、罠か」

友人を思う気持ちと、組で生き残る野心の両方を感じたから受けたつもりだった。

「息巻いてついてきたのに、カッコがつかないだろ」

それに、殴り込むといえばいつも一人だった。誰かを助けるとか、カタをつけるとか、そんな格好のいいこともしたことがない。だいたいはこおろぎ組が侮られた仕返しだ。

「舎弟の方はわかってたみたいやけど。……あんたら、すれ違ってんなぁ」

笑える、と言いながら肩を揺らす真柴を睨む。

「なんか舎弟がかわいそ……」

言いかけて口をつぐんだ真柴に腕を引かれる。

背中に隠そうとするのを押しのけたのは、近づいてきた黒塗りの車に覚えがあったからだ。曇りひとつなくワックスで仕上げられているピカピカの高級車。運転席に座る男を知っている。

停車した車の後ろのドアから姿を現したのは、白いワイシャツを涼しげに着こなした足の長い男だ。石垣からの連絡を受けたにしては、登場が早すぎる。

大阪へ出かけているはずの周平を、佐和紀は真柴を従えるように睨みつけた。

「何の用だよ。俺は忙しいんだけど」

声を投げると、ドアに手をかけたまま周平が笑う。その晴々とした顔に腹が立ったのは、周平には想定内の事態なのだと一瞬で悟ってしまったからだ。

「急ぐことはない。あの女が見物人なしでショーを始めるわけがないだろ」

周平はそう言って、ドアを閉める。

「それより、その間男はどうした？」

「嘘つきの旦那に嫌気が差したんだよ。東の男は食い飽きたし、そろそろ西も悪くはないだろ」

「やめとけ。西の男がおまえの口に合うか？　薄味で食べた気がしないだろうな」

「……ダシが利いてるから、イケる」

佐和紀はあごをそらした。昨日、ワインで酔ったなんて大嘘だ。

薬を仕込まれた後、記憶が途絶えた。財前に助けられたのは本当だろう。声を聞いた気がする。

でも、周平へ引き渡された後のことは信用がならない。

「佐和紀。このまま素直に車へ乗れよ。由紀子のことは、俺の問題だ」

「……はい。って、言うとか思ってないだろ。ふざけんな」

一瞥を投げて、肩をそびやかす。

「今、ケンカを売られてるのは俺だろ。旦那の権力を笠にきて、好き勝手やりやがって……」

考えるだけで、胃が熱くなって、頭に血が上る。

「これは嫁同士のタイマンだから、おまえは引っ込んでろ」

「タイマンなぁ……。キャットファイトってほどかわいくなさそうだな」

無理に止めるつもりはないらしい。周平は肩をすくめて、真柴へ目を向けた。

「悪いけど、おまえは残ってもらおうか。由紀子から言われて連れてきたわけじゃないだろ？　この話を聞きつけた俺か佐和紀が来るのを、あいつは待ってるはずだ」

「代わりに俺が、とか言うなよ」

自分が行くからと、佐和紀は周平を睨んだ。周平と由紀子が直接に対決すれば、その構図はいつまでだって続くだろう。それが佐和紀には我慢できない。

「佐和紀。おまえは、何をしに行くつもりだ」

「財前を取り戻しに、だよ」

「それだけか？」

「あとはおまえには関係ない。売られたケンカを旦那に買わせるほど、嫁に来て『女』になったつもりはないからな。あの女みたいに、バックをちらつかせるやり方は卑怯でヘドが出る」

大滝組若頭補佐という役職が周平の足枷になっていることをわかっていて、由紀子のやり方はひとつひとつが姑息でずる賢い。京子が『女狐』と言った意味がよくわかる。

「あとは……か」

佐和紀の言葉を聞き逃さず、周平は近づいてきた。引き寄せられて顔をあげたのは、何をされるかわかっていたからだ。条件反射で受け入れる自分の身体がたまらなく憎い。

「それでも、大滝組若頭補佐の嫁であることを忘れるなよ」

真柴の前でも平然とディープキスをした周平は、運転席から谷山が差し出したものを手に取った。

「せめて、慣れた得物で行ってこい」

差し出されたものを見て、真柴が背後で息を呑む。佐和紀は笑いながら受け取った。

どこで手に入れてきたのか。金属の重みが指に馴染む。持ち手の革が擦り切れた、くすんだ金色のバットだ。使い込まれていて、ところどころボールの形に陥没している。

「金属バット、って……」

息を吐くようにつぶやいた真柴を肩越しに振り返って、佐和紀はにやりと笑った。

周平も笑う。

「そこの大学まで行けば、ゲバ棒ぐらい転がってるけどな。まぁ、おまえにはそれがいいだろ」

「普通は拳銃だろ」

真柴が髪を掻きむしる。

「ゲバ棒って何？」

そこが気になった佐和紀が尋ねると、周平が答えた。

「おまえのそれが進化した形だ。もうちょっと大人になれば、おまえにも使えるだろ」

「余計なことを言わないでください」

ずっと静観していた谷山が運転席から顔を出した。

「人を殴らないでくださいよ」

「……なんのための武器だよ。うるさいな」

「ホンマに一人で行くんですか……！」

真柴が声をひそめながら叫んだ。

「やめてもらえません？　なんか、すごく、うちの姐さんが心配になってきた……」

「……財前だろ。おまえが心配するのは」

「まぁ、そうやけど。もしも、すでに財前がどうにか、なっとったら……」

その言葉に、佐和紀は手首をくるりと回した。バットを肩に担ぐ。

あははーと笑ってから、

「殺すよ」

低い声で言った。

「あんた、普通のチンピラやないやろ！」

引き止めようとする真柴の腕を、周平が掴む。

「俺の嫁を信じろよ。友達はちゃんと戻ってくるから」

「よく平気で送り出せんなぁ！　心配やないんか」

周平は答えずに笑いかけてくる。

「さびしかったら、一緒に行ってやってもいいんだからな」

真夏の日差しの中でも暑さを忘れさせる涼しげな表情だ。後ろ向きに歩き出しながら、佐和紀は立てた親指を下に向けた。

「ばーか。死ねよ。ワインなんて大嘘つきやがって、俺の身体に何しやがった。いいように抱きやがって。おかげで足が筋肉痛で歩きにくいんだよ！」

「由紀子に礼を言っておいてくれ」

「言うか、ボケ。……覚えてないなんて、もったいないだろ！」

叫び捨てて、背中を向けた。俺の嫁を信じろと言った周平の言葉が胸に沁み込む。それは、信じてくれているということだ。

佐和紀は足取り軽く、由紀子のマンションの部屋を目指した。

「覚えてるとわかってて、やれるか」

意気揚々と殴り込みに出かける背中につぶやくと、運転席から顔を出した谷山が眉をひそめた。

「何をしたんですか……」

「俺の、セックス」

はっきり答えてドアを開ける。谷山の反応は確認しなかった。

「さて、真柴さん。乗ってもらいましょうか。会長は事務所ですか？　それともご自宅ですか」

「……何を、考えて……」

顔を引きつらせる真柴に、周平は静かに笑みを浮かべた。

「人の嫁にクスリ仕込むのが桜河会の歓迎の仕方なら、考えものだよな」

腰の後ろに手をまわし、ベルトに挟んでいたものを抜いた。

「佐和紀にコレを渡さないのは、簡単に人が殺せるからだ」

真柴の腹に突きつけて、車に乗るように促す。

「あんたの嫁は、組同士の問題にならへんように財前を助けに行ったんやないんか。こんなこと」

車に乗った真柴が声を荒らげる。周平は拳銃を突きつけたまま答えた。

「佐和紀がカタをつけに行ったのは、俺個人の問題だよ。こっちは組の問題だ。桜川と腹を割って話がしたい」

「……俺を盾にしても、意味ないで」

「それはどうかな。真柴さん」

ハンドルを握る谷山が口を開いた。

「あんたが、どこの出身で誰の子どもか、それぐらいは調べがついてる」

「阪奈会。生駒組の組長の息子。でも母親は、桜川の妹だな」

周平は銃身を指でそっとなぞる。

阪奈会は関西でも一、二を争う主要暴力団だ。

関東に勢力を伸ばそうとしている高山組系の実質ナンバー2の組織であり、全国的に見ても勢力は大きい。その主要傘下のひとつである生駒組の現組長は阪奈会の理事の一人だ。

「預けた子どもを、いまさら預かりで引き戻したのは、跡継ぎが役に立たないからだろう」

桜川には母親違いの子どもが五人いる。そのうちの三人が女で、一人が未成年。長男は家業に従事しているが、親の権力を笠にきて横暴な振舞いをするだけの出来損ないだ。

「そやけど、俺なんか盾にして、何をするつもりや」

「見ていればわかる。単純な話し合いだ」

車は桜河会の事務所へ向かっていた。

抵抗はムダだとあきらめた真柴の肩から力が抜ける。周平より三つ年下なだけなのに、ずいぶんと若い印象なのは育ちがいいからだろう。たとえヤクザの家に生まれても、周囲の人間が下衆でなければまともに育つ。

「岩下さん。奥さんとはどこで知り合いはったんですか」

真柴は急に態度をくだけさせた。ストレートさは、土地柄なのか、本人の資質なのか。

「アニキ分の紹介で。とはいっても、披露宴で初めて会ったけどな」

「へー、ラッキーやなぁ。あの性格やし、モテるやろ」

顔でなく、性格を推してきたことが、周平をイラつかせる。

「さぁ、どうだろうな」

「案外、そのアニキ分とデキて……」

周平は素早く安全装置をはずして、銃口を真柴のこめかみに押し当てた。

「ちょっと黙らないか」

「いいやろ。ちょっとぐらい、からかったって……。あんな美人、毎晩抱いてるんやろ。男としてむかつくし。なぁ、谷山さんもそうやろ？」

「俺に振るな」

谷山が笑いながら答える。

「……関東に行く用事でもできへんかなぁ」

「真柴。……俺が撃たないと思ってるな？」

「まさか。冗談でも言ってな、やってられんだけや」

そのわりに真柴はリラックスしていた。話し合いが済むまで命の心配はしなくていいと思っているのだろう。きっと神経は、ザイル並みに太いに違いない。

マンションの廊下の壁をバットでこすりながら歩く。

目的の部屋の前に着くと、扉は自動で開いた。桜河会の構成員だろう男が、佐和紀のさせている騒音に苛立っているのは、聞かなくてもよくわかる。上機嫌な視線を投げて脇を通り過ぎると、バカ面になった男は、雪駄を脱いでいないことにも気づかなかった。

「こんにちは！」

リビングに続くドアを勢いよく開け放ち、バットを担ぎ直す。ソファーに座っている由紀子がこちらを見ていた。短いタイトスカートから、すらりとした足が伸びている。

その目の前に、財前が膝をついていた。鍛えあげた身体の男が肩を押さえている。周平の言う通りで、顔は殴られているようだが、手はまだ痛めつけられていない。

「財前をこちらに渡してもらいましょうか」

「来たのね。……周平は？」

「来るわけないだろ。俺とあんたの問題だ」

「あなたに興味はないわ」

由紀子はソファーでふんぞり返ったまま、鼻で笑った。

「昨日のこと、覚えていないんでしょう？　残念だったわ。あの媚薬を入れたら、周平は一晩中だってセックスできるのよ。あなたはどうだったのかしらね」

「さぁ？　記憶がまったくないんだよな。でも、周平はあんたに感謝してるってさ」

重たいバットを肩から下ろして、振り子のように揺らしながら近くの壁にぶつける。

「本当は周平に見せたかったけど……。しかたないわね」

ゴンゴンと音を響かせる佐和紀の行為に、由紀子のこめかみが引きつった。

背後から人の近づいてくる気配がして、佐和紀は低く唸る。身体中の神経が研ぎ澄まされ、久しぶりの懐かしい感覚に血肉が騒いだ。

「今から、財前の右手も壊すことにするわ。飼い主に噛みつく犬にはお仕置きが必要なのよ」

「財前はあんたの犬じゃない。……俺に触るな」

男たちの手に拘束されるより早く、佐和紀は手近な壁にバットを振り下ろした。壁にぶつけていたのは、構造を確かめるためだ。音の軽かった場所を打ったバットはあっけなくめり込み、壁に穴があく。

「俺に触ると、次はおまえらを同じ目に遭わせる」

佐和紀は肩を揺すりながら笑った。久しぶりに振り回したバットの感覚が無性に嬉しくて、笑い出すともう止まらなかった。手当たり次第に家具を打ちつけ、花瓶をなぎ払う。

「止めなさい、止めるのよッ！」

由紀子は『女』だ。そして美しい。いつも誰かの庇護（ひご）を受けながら虐待を楽しんできた彼女にとって、予告もなく破壊を始める佐和紀は脅威に違いない。

止めようと近づく男たちに、ホームラン予告のようにバットを突き出した。

「死にはしないけど、かなり痛いよ？」

「なんて男なのッ！　いいわ、財前の指を、折りなさい！　どの指でもいいから、さっさと折るのよッ！」

ヒステリックに叫んだ由紀子は、髪を振り乱して立ち上がっている。意気揚々と家具を壊すチンピラぶりに毒気を抜かれた男たちは、抵抗しない財前を押さえつけたまま目をしばたかせた。

「何しているの！」

由紀子がおもむろに足を踏み下ろした。手を踏みにじられた財前が、痛みに声をあげる。

「おもしろくないわ！　男同士で何が夫婦なのよ。……認めないわよ！」

「何を、だ」

じりじり近づいてくる男たちを睨みつけ、佐和紀は先端で円を描くように、ゆっくりとバットを回した。

「あんたが認めようが認めまいが、あの男はもう俺のものだ。俺が気持ちよくさせて、俺が眠らせてやるんだよ」

由紀子が恥じることなく押し出す『女』の部分に苛立ちながら、佐和紀は心のどこかで

うらやましいと思う。あの周平が、かつて愛し、そしてすべてを奪われ、それでもなお接触を絶たなかった女。その理由は、佐和紀にもわかる気がする。『男』だからだ。

「……いいえ。私のものよ」

現実を認めない由紀子がくちびるを噛んだ。あがいたところで戻らないことはわかっていて、それでもすがるのが『女』だと佐和紀は目を細めた。

「それは昔だろ？ あんたは俺の知らない周平を知ってる。それを考えるだけで、俺だってあんたが殺したいほど憎い瞬間がある。あの男はもう、あんたの知ってる周平じゃないだろ」

佐和紀が話している間も、由紀子は憑かれたように財前の手を踏みつけている。

「そんなこと、どうでもいいわ」

「財前から離れろ」

佐和紀はバットの先を由紀子に向ける。利口なのは、財前を押さえつけていた男の方だ。佐和紀の勢いに呑まれたように手を離す。財前が自分の手を守ろうと引き寄せた。それとほぼ同時に、由紀子が足を引き上げ、力任せに財前の頭を蹴りつけた。

財前がもんどり打って倒れた瞬間、佐和紀の投げつけたバットが窓ガラスを叩き割る。

「いい加減に、しとけよ」

「あんたみたいな、チンピラ、……どうにでもなるのよ」

悲鳴を喉に詰まらせながら虚勢を張る由紀子を、鼻で笑う。バットひとつで殴り込み、事務所の窓をすべて割った後で振り返るたび、ヤクザ者の男たちも同じことを言った。

しかし、報復を恐れるぐらいなら、初めからケンカを売ったりはしない。すべてもう覚悟の上だ。

「大滝組を敵に回して、女一人が責任を取れるならやってみろ」

「……覚えてなさいよ」

絵に描いたような負け犬の一言に、財前を抱えながら声をあげて笑った。

「ダメだ。腹がよじれそう。バッカだねぇ、おばさん。それは俺の台詞。責任の取り方を教えてやるから、首を洗って待ってな」

部屋を出ていこうと背中を向け、思い出して戻る。ガラスの欠片に注意しながら、ベランダに落ちているバットを拾い上げた。

「行くか、財前さん。俺、ラーメン食いたい」

緊張感の抜けた声が出る。くちびるを切ったのか、口元を血だらけにした財前が、信じられないものを見るように目を細めた。

「車、出します」

男の一人が、強い者に従う条件反射で部屋を飛び出していき、呆然としていた財前も、エレベーターに乗る頃にはスイッチが入ったように笑い出した。

「おまえはここで待ってろ」

車を停めた谷山に、周平は声をかけた。もし自分が戻らなかったときのシミュレーションも済ませてある。拳銃の安全装置を戻し、背中に差し直して周平はスーツを着た。

桜河会の事務所は京都駅にほど近い自社ビルの中にある。真柴に案内させて、暇を持て余した構成員の間を抜けた。個室のドアをノックして開けると、ソファーに座って歓談していた四、五人の幹部が一斉に振り返る。奥の大きな机に桜川が座っていた。

「何の用や」

ドスの利いた声が真柴に向けられる。

「大滝組の若頭補佐が、会長にお話があると言うので」

その言葉に顔をあげた幹部たちが、ぞろぞろと席を立つ。

「どうしはりました。岩下さん」

ようやく周平に気がついた桜川は座ったままだ。

「昨日の晩、うちの佐和紀が酩酊して帰ってきまして」

「あの奥さんが酔うとは、どれだけ飲まれたかな？　それがなんや、うちと、関係ありますか？」

「……そちらの由紀子さんとご一緒していたようですが……」

「由紀子と。まさか、由紀子と佐和紀さんの間に、なんやあったわけやないでしょう」

それに何の問題があると言いたげに桜川が笑う。周平は笑顔を装いながら口調を荒らげた。

「佐和紀には記憶がない。これがどういうことか、あんたたちには理解できるだろ」

「飲みすぎたんやろ」

動じない桜川の態度に、周平はポケットの中の錠剤を摑み出した。テーブルに撒く。

「……佐和紀が仕込まれたのと、同じ薬だ」

低い声で言って、周平は腰の後ろに手を回した。真柴を引き寄せて拳銃を取り出すと、部屋は一気に騒然とする。怒鳴り声が飛び交う中で、桜川がようやく腰を上げた。

「なんのつもりや、岩下」

「……由紀子を野放しにするのは、もうやめておけ」

「ハジキを下ろせ」

部屋の中の人間は、真柴の正体を知っている。周平は黙って安全装置をはずした。

「佐和紀を単なる俺の『女』に過ぎないと思ってるなら大間違いだ。あんたの古い友人はそう言わなかったか」

いまや大滝組長のお気に入りだ。

「撃てるもんやったら撃ってみぃ！」

「大滝とうちで、全面戦争やぞ！」

幹部が吠える。周平は静かに銃を引き上げた。真柴のこめかみに当てる。

「黙っとれッ！　この男が撃つ言うたら、撃ちよる。榊原のタマ取ったんはこの男や」

桜川の声に、部屋の中が静まり返った。真柴の身体が緊張でこわばり、周平は笑う。

「古い話だな」

部屋の中で、笑っているのは周平一人だ。

かつての桜河会にとって、榊原という男は追い払いたくても追い払えないハエだった。その男を仕留めたことを思い出すと、周平の胸の奥に暗い炎が燃える。母が泣いてすがってもカタギに戻らなかったのは、人を殺したからじゃない。自分が人を殺せる人間だと知ったからだ。

「この男がその気になったら、この場で真柴もワシも殺される。……話はなんや。由紀子のことは、方便やろ。本音はなんや」

「その薬はどこから仕入れてるんだ」

テーブルに撒いた薬をあご先で示す。

「……言えば、桜河会がつぶれる。わかってるやろ、岩下の」

「うちの組長が言うんですよ。ルールが無用化するのが距離のせいなら、そのルール違反を正すか、それともルールの必要性そのものを失くすか。桜川会長は、どちらがいいと思います」

ぐっと押し黙った桜川のこめかみに汗が滲み出した。

大滝組のシマでの薬物売買は基本的にご法度だ。もちろん、薬物売買というものに金が動く以上、まったく行っていないというわけではない。だがルールが決められていて、売人もすべて大滝組の管轄下で把握されている。その売人と薬を送り込んでくるのが桜河会だった。

薬の入手ルートに関して大滝組は関知しないし、売人からショバ代と称してわずかな上前を跳ねるだけで、大部分の利益は桜河会に流れる仕組みができている。

それがここ数年。把握していない売人が商売をしているらしいと大滝組では噂になっていた。彼らが組の認知していない薬を、一般市民相手に売っていると判明したのはつい最近だ。

大滝組では一般市民への販売は厳しく制約が定められている。

特に、風俗業に従事していない女性と未成年への薬物売買は、戦後の混乱期から受け継がれている最重要禁止事項だった。

「見慣れない薬の出所を探っていたんですが、大阪の組からおもしろい話を聞いたんですよ」

桜川の目が泳ぐ。佐和紀が仕込まれた、記憶をなくす薬。あれはおおっぴらには出回っていない代物だ。南米あたりでは頻繁に使われるものだが、アジア方面へはまだ入ってきていない。

そのルートを周平はもう摑んでいた。つぶそうと思えばつぶすこともできる。それを悟ったのだろう桜川が、苦い表情で口を開いた。

「条件を、聞こうやないか」

「……うちの組のシマにもぐりこませている売人を一人、吐いてもらえますか」

桜川が唸り、幹部たちがざわめいた。ある程度のルール違反は見逃している。これからも、そうやって桜河会とは共存していくだろう。関東進出を狙う高山組あたりとは違って、桜河会は京都から出るつもりがない。その代わりに売人を出張させて、大滝組のシマでシノいでいるのだ。

大滝組への見返りは、高山組をはじめとする関西勢の動向だった。

「おまえは、きっついな……」

桜川が椅子に座り込んだ。安全装置を戻して銃を弄ぶと、隣に立つ真柴が信じられないものを見る目で顔を引きつらせる。周平はそんな真柴から桜川へ視線を戻した。

「それから……、会長さん。うちの嫁に花を贈るのもやめてもらえませんか？　気分、悪いんで」

周平の言葉に、桜川が豪快に笑う。

「あれほどの嫁や。贅沢(ぜいたく)税やと思って払っとくことやで」

誰も彼も、同じことを言う。周平は聞き飽きたと思いながら、眼鏡のズレを指で直した。


こってりとしたラーメンをすすりながら、佐和紀はすがすがしい気持ちで息をついた。

「組の名前を出して、啖呵切ったのは初めてだ」

ラーメンを食べているのは佐和紀だけだ。財前は付き合いで座っているが、車を出した桜河会の構成員は店の外で待っている。

「大滝組の前は小さい組でさ、俺と組長しかいなかったから。組の名前出して覚えてろ、って言ったって全然カッコつかないし。だから、舐められないようにメチャクチャしてやったんだよな」

佐和紀は笑いながらチャーシューを箸(はし)で摘まんだ。

「俺が金属バットを担いで歩いてたら、みんな逃げ回るようになってさ。特に事務所に高級車を停めてるところなんて大慌てだよ。すぐに車を隠してさー」

「……仕返しとか、ないんか？」

「そこがなぁ、この社会のおもしろいところなんだよな。俺みたいなチンピラを追い回したら肝っ玉が小さいって噂になるらしくて。その場でリンチされない限り、あんまり問題ない」

「そやったら、その場ァでは」

「ちょっとはあるけど。相手の耳が欠けたり、鼻が折れたりするとな」

「……あんたがやったんやろ。人の仕業みたいに言いなや……」

肩を落とす財前に向かって、佐和紀はヘラヘラと笑ってみせた。

チンピラにはチンピラのケンカのやり方があって、鼠にも鼠なりに猫を追い詰める方法がある。

「綺麗な顔して……狂犬やな」

財前に言われて、懐かしくなる。そう呼ばれていたのは、ほんの五ヶ月前のことだ。

「こんなときに、よく食べれんなぁ。しかも、こってり」

見てるだけで腹がいっぱいになると財前は言い、ラーメンをぺろりとたいらげた佐和紀は胃をさすりながら外へ出る。

「昨日、やられまくって腹が減ってんだよ。……覚えてないけど」

財前が何かを答えるより早く、車の脇で待っていた男がタバコを揉み消して近づいてくる。

「一本。ちょうだい」

指を立てると、タバコが差し出された。ライターの火を借りて一息つく。

「で？　あんたらの姐さんは廃墟(はいきょ)から逃げ出したんだろ？」

「はい。自宅の方へ戻られたと連絡がありました」

「そっか。わかった。俺さ、約束は守る方なんだよな」

タバコを親指と人差し指で摘まみ、肩越しに財前を見た。

「責任の取り方。あの女にきっちり仕込んで関東に帰らないとな」

「……ちょっ！」

「え！」

前のめりになった財前に続いて、桜河会の構成員も声をあげる。

「それはいかんやろ。考え直した方がええ」

落ち着かせようと手のひらを向けてくる財前の方がよほど興奮していた。

「カチコミかけると思ってる？　それはさすがにない」

さっきのは財前を迎えに行っただけで、暴れたのはおまけのようなものだ。

頭に血が上ってガラス窓を割ってしまったのは失敗だったが、気分はよかった。

あとはお互いにケジメをつけて『手打ち』をする必要がある。ものごとの落とし前のつけ方はこおろぎ組の時代から仕込まれていた。狂犬と呼ばれて暴れ回ってきたが、所詮は首輪がついている。ときにはきっちりと責任を取らされた。それを由紀子にも教えてやるつもりだ。

男の権力の陰で好き勝手やって、責任は他人に取らせるなんて卑怯すぎて反吐が出る。

「友好的にお話するから、会長に電話して繋ぎ取って？　貸しはさっき返したし、新しく借りてやるから付き合えよ」

「む、無理や。連絡先なんか、知らん！」

財前が首を左右に激しく振る。

「だから、いるだろ。連絡係が」

親指を立てて示すと、今度は構成員が飛び上がった。

「お、俺ですか……！」

「あんただって俺についてきた言い訳ができないだろ。一石二鳥。な？」

「な。って……」

脱力する財前をよそに、事態を理解した構成員の動きは早い。

携帯電話で何回か電話をかけ直し、ようやく会長へ繋いだ。差し出された携帯電話を真っ青な顔で受け取る財前の手が小刻みに震えていた。今から佐和紀を連れていくと丁寧に話して電話を切ると、財前はその場にへたへたとしゃがみこんだ。

「あんたみたいな人間には、なんでもないことかもしれんけどな……ッ」

携帯電話を握ったまま震える手を必死に押さえ込んで、深呼吸を何度も繰り返す。それが普通の人間の反応だ。特に、ヤクザに痛めつけられたことのある人間は恐怖心が植え込まれている。

「もう一本、電話をかけさせてくれ……。真柴に」

財前は、そう言って電話番号を直に打ち込んだ。

「あぁ、僕や。……うん。そうや。佐和紀さんとおる。ケガはない。……今から、会長のところへ連れていくことになったから。あぁ、うん」

財前は携帯電話を耳から離し、しゃがんだままで佐和紀へ突き出した。

受け取って電話に出る。財前の危機は真柴から聞かされたと、さっき話したばかりだ。

『会長に会いはるんですか』

「暴れすぎたから、スジを通しておかないとな。周平はどうした？」

『あれからすぐ別れたんで、わかりません。面会は、俺もついていきます。門で待ってますから』

「わかった」

電話を構成員に返して、財前を立たせる。タバコをコンクリートの上で揉み消した。

「真柴が一緒に入ってくれるって。あんたは送ってくれるだけでいいから」

佐和紀の言葉に、構成員が長い息を吐き出した。

緊張のとけた顔で、後部座席のドアを開く。

「岩下さんはどうしてはるんですか。まさか、何も知らへんわけや……」

座席へ押し込まれながら財前が言う。

「周平は関係ないだろ」

「関係ないわけ、ないやろ。そもそも、岩下さんと由紀子さんの問題や」

「それ、むかつくから言うな。あの二人に問題なんてもうないよ。俺がないようにしただろ。他人の嫁が、人のところの亭主にちょっかいかけてる簡単な構図だよ。旦那に文句を言ってやる」

「あんた、無駄に根性がありすぎるやろ……」

「ついでに、あんたを借りるから。だから、ついてきてもらわないと困る」

「本気なんか……」

唖然（あぜん）としている財前に視線を向けず、衿を直しながら答えた。

「やるなら、今しかない。周平が混じったら組同士の話になるし、俺と桜川の間だけでカタをつける。……彫ってくれるよな」

「そりゃ、会長がええと言えば……」

「よしっ」

財前の言葉を聞いて、佐和紀は拳と手のひらをぶつけて気合を入れ直す。

「お、穏便に話をしてや」

「当たり前だろ」

ついついニヤリと笑ってしまう。青ざめた顔で頭を抱える財前の肩に腕をまわした。

「財前さんはついてくるだけなんだから、普通にしてればいいんだって」

「で、できるかいな……あああ」

ただでさえいつも顔色の悪い財前は、車が停まると転がるように外へ出た。佐和紀が後に続く。

「なんやねん。吐きそうなんか？」

門の前で待っていた真柴に声をかけられ、道の端に寄った財前はえずいたが何も吐かなかった。極度に緊張しているせいだ。

「だからラーメン食べればよかったのに」

佐和紀が声をかけると、背中をさすっている真柴を押しのけて振り返った。

「食べれるわけないやろ」

「……余裕、かましすぎやな」

笑っている真柴が佐和紀の金属バットに気づく。

「それはもうええでしょう。俺が預かります」

自分の手元をじっと見て、佐和紀はしばらく考えた。真柴が手を差し出している。

「周平と一緒じゃなかったって？」

「ええ、そうですけど」

「……まぁ、そういうことにしとくか」

金属バットを真柴に渡した。周平のことだから、なんらかの先回りをしているはずだ。

でも、それがどんなことなのかは想像できないし、したところで意味がない。

どうせ行動は読まれているのだ。すでにお膳立て（ぜんだ）の済んでいる一幕だとしても、自分らしく演じ切るのが周平への見栄でもある。信じていると言うなら、その通りに踊ってやるだけだ。

真柴の先導に従って、佐和紀と財前は門をくぐった。玄関で脱いだ雪駄を手ぬぐいで巻いて胸元に差し込むと、真柴と財前が一瞬だけ動きを止めた。

「草履……」

財前が苦笑いしている。そんなことはないと思っても、話がこじれれば、どこから帰ることになるか、わからない。

「ホンマ、おもろいな」

真柴は肩を揺らしながら先へ進んだ。

薄暗い廊下を抜け、和室に入る。広間を分割している襖（ふすま）の前に三人で並んで座った。佐和紀は胸に差し込んだ雪駄を取り出し、真柴のそばに置いた。武器を持っていると勘違いされては困る。

「失礼します。真柴です。佐和紀さんがいらっしゃいました」

真柴が声をかけると、入室を許可する桜川の声がした。真柴が襖を開いて戻ってくる。

桜川は隣の部屋の大きなテーブルの向こうに座っていた。脇息に腕を預け、読んでいた新聞をたたんで脇に置く。佐和紀はその場に手をついた。息を吸い込み、静かに吐き出す。

佐和紀に言葉遣いを仕込んだ松浦の妻・聡子の厳しい声を思い出す。育ちの悪さも学のなさも、たった三つのことでどうにかなると教えられた。

ひとつは箸の持ち方。ひとつは姿勢の正しさ。そして最後が、言葉の使い方だ。

「突然のお願いに、貴重なお時間をいただきまして、ありがとうございます」

その場に手をついた佐和紀は誰よりも早く口を開いた。

「用件はなんやろうか」

わかっていてとぼけている相手に、佐和紀は静かに微笑みかけた。自分の顔が人に与える影響は理解できなくても、影響を与える表情がどんなものかは知っていた。

「お花をいただきましたでしょう。好きな花でしたので、直接に会ってお礼をと思いまして。主人の手前、迷っている間に今日になりました。どうぞ、ご無礼をお許しください」

声も表情も完全に作り込んだ。真柴と財前が言葉を失っていると、気配でわかる。

「少し、そちらへ近づかせていただいてもかまいませんか」

佐和紀は気にもかけずに、桜川が招き寄せるのを待って立ち上がった。

同性愛の気はまったくないと聞いていたが、貞淑な演技をする佐和紀の雰囲気には完全に呑まれている。会食のときの反応から見て、有効だと踏んでいたが、それ以上の効果だ。

「会長さん」

余計な誘いを受ける前に、テーブルの前で向かい合う。

「私と由紀子さんの間のいざこざについて、ご報告は受けていらっしゃいますか。昨晩、お誘いいただいたんですが、どうやらひどく酔ってしまったようで……」

「それが、なんや、問題でも？」

しらばっくれる桜川は、貫禄(かんろく)だけで佐和紀の話を丸め込みかねない。豪快に笑い飛ばされれば、話はここまでになる。

焦る気持ちを抑えて、佐和紀は膝に両手を置いた。姿勢を正して背筋を伸ばす。まどろっこしいやり方は性分に合わない。それでもこの手を使うのは、あの女に一番効くと思うからだ。

「ええ。そうです。私では手に余りますので、是非ご相談に乗っていただきたく」

「相談か。ええやろ、まずは聞かしてもらおうか」

「……由紀子さんの使われている薬。あれは、ウチでは許可ができない薬ですね」

桜川の眉がぴくりと動いた。本当はどんな薬なのか、佐和紀は知らない。

薬物売買でのシノギを基本的に認めていない大滝組のシマで、なかば公然的に取引されているものが桜河会経由だということも、舎弟たちから聞いている話を繋ぎ合わせて予想しただけだ。

「由紀子さんにどういうお考えがあったのか。あいにく記憶がありませんので、私にはわかりません。でも、どうでしょう。会長さん。大滝組若頭補佐の妻であるとわかっていての、この行為。岩下の耳に入っても嫁同士の諍いで片付きますでしょうか」

そこをご相談させてください、と佐和紀は神妙に視線を向けた。

大滝組のシマではさばけないはずの薬を由紀子が持っているということは、それを桜河会が流通させているんじゃないかと暗に匂わせる。

「佐和紀さん、うちの由紀子のアホな振舞いを、どうやったら忘れてもらえるやろうか」

「由紀子さんはいらっしゃいますでしょうか。いらっしゃるようでしたら、どうぞ、会長さんから叱っていただけませんか。嫁同士とはいえ、私は男ですから……」

言外に、男が女を殴るわけにはいかないと訴えた。隣の部屋で座っている真柴が桜川に声をかけられて立ち上がる。待つほどもなく、

「私に用って何です」

面倒がる声が背後から聞こえた。

「あんた……」

来客に気がついた由紀子の声が低く濁って聞こえた瞬間に桜川が立ち上がり、目を伏せた佐和紀の頭上から頬を引っぱたく音がした。由紀子が視界の端で崩れ落ちる。

「おまえを好きにさせてるんは、関東へケンカ売らすためやないど！」

「私を殴ったわね！」

「黙らんか！　恥の上塗りや。大滝組と揉めたら、おまえも、今と同じ暮らしはでけへんのやど！」

頬を手のひらで押さえた由紀子の視線が、痛いほど突き刺さってくる。

「由紀子ッ！」

亭主に怒鳴られ、佐和紀へ向かって座り直した由紀子が両手を畳の上についた。

「佐和紀さん。いたずらが過ぎました……。どうぞ、ご容赦ください……」

プライドの高い女の声は、ぶるぶると震えている。泣き出さないのが気の強いところだ。

佐和紀はわざと大きく息を吸い込んで、肩の力をゆっくりと抜いた。

「どうやろうか、佐和紀さん。水に流してもらえんか」

佐和紀に話しかける桜川の声を聞き、背筋を伸ばして振り向く。

微笑まずに瞳を見つめ返した。襟を正して袖を左右へ流してから三つ指揃えて畳につく。

女には女の戦いがある。そう言って笑った女を何人も知っていた。その中で一番激しかったのはやはり聡子だ。小さな組を裏で切り盛りするために、鋭い啖呵を切っていた姿が脳裏に浮かぶ。

「奥様に恥をかかせましたこと、ご容赦くださいませ。岩下の妻として謝罪申し上げます」

深く頭をさげた。今、こうして手をつく仕草と口調がよく似ているんだと言ったら、聡子は怒るかもしれない。こんな女の真似事させるために、こおろぎ組が拾ったわけじゃないと……。

忘れていたことを思い出すのは、頭ばかりを使うせいだろう。

しばらく待ったが、誰からも声がかからない。

佐和紀はしかたなく顔をあげて、桜川を見た。

「会長さん……？」

「あ、あぁ」

我に返った桜川が片膝を立てたまま、由紀子に声をかけて下がらせる。茶でも飲んでいけと言う桜川の腕を摑み、佐和紀は声をひそめた。わずかに身を寄せる。

「もうひとつ、お願いがあります。そこにいる財前さんを……、私に貸していただけませんか」

そこにいることにやっと気づいた桜川が、佐和紀を再び見た。

「名の知られた彫師のお孫さんとお聞きしました。私の肌にもお願いしたいんです」

「そんな綺麗な肌に……」

「これでも、極道者の末席に名を連ねております。できるなら、会長にいただいた芍薬のような『牡丹』を……」

もらったのは芍薬だが、入れたいのは周平と同じ牡丹だ。だが、桜川は気づきもしない。

「ほな、こうしよう。佐和紀さん。その墨、入ったら見せてもらいたい」

鈍い光を放つ瞳がぎらついた。

「お見せできない場所に入れるつもりですから、ご遠慮ください」

佐和紀はさらりと微笑んで返した。


桜川の屋敷を出て、開いた門の内側で隠れるようにタバコへ火をつける。閑静な高級住宅街の一画だ。スーツのボタンを外しながら、周平はタバコを吸った。

「……やっぱり、そうや」

声がしても振り返らない。出てくるところを見られていたからだ。

「無事だったみたいだな」

財前が追ってくるのを待っていた。

「まぁ、僕はそうやな。あのマンションは大惨事やけど」

「それは由紀子の自業自得だから、気にするなよ」

　ポケットに片手を入れて、空を見上げながら煙を吐き出した。佐和紀が来ると桜川から教えられ、奥の部屋に潜ませてもらっていたのは単純な好奇心からだ。

「転んでも、ただでは起きへん人やな。度胸もある。正面切って僕を借り受けたで」

「あぁいうのを、色仕掛けっていうんじゃないのか」

　周平は思い出して、肩を揺らす。桜川の顔が見えなかったのが残念だ。さぞかしヤニさがった顔で佐和紀を見ていたに違いない。

「自分の容姿に自覚がないんかと思ったら、そうでもないんやなぁ。不思議や」

「どこまでいってもチンピラなんだよ。追い詰められれば、なんでも利用する。そういう姑息さが、あれの威勢のいいところだな」

「チンピラとは言わんやろ」

　財前の言葉は的を射ていたが、周平は答えない。誰よりも驚いた自覚があるからだ。京子にも聞かせてやりたかったが、昔の佐和紀を知っている岡崎は当然のような顔をするかもしれない。

　出会って五ヶ月。相手を知った気になるには早すぎるとつくづく思い知らされた。

　試したつもりで度肝を抜かれて、結局、惚れ直しただけのことだ。

　ただ佐和紀の啖呵の手本は女が基本になっている節がある。京子が教えたわけじゃないだろう。だとすれば、こおろぎ組の松浦組長の亡妻かもしれない。佐和紀が所帯を持つときのためにと、思い出のアルバムを作っていたぐらいの人だ。いつ亡くなったのか、その人柄も知らないが、佐和紀が愛されていたことはよくわかる。もし生きていたら、女たらしとの結婚を許すはずがないと考えて、周平は心の中で笑った。

「墨、入れるて言うてはったけど……。どうしはるん、岩下さん」

「許すわけがない」

物思いしながら即答した。考えるまでもない。財前は薄く笑って足元の土を蹴る。

「……そやけど、僕はあんたと約束したわけやないで」

周平は眉をぴくりと動かして財前を見た。

冷たい爬虫類（はちゅうるい）の目が、周平の表情をうかがっている。

「あの肌に、墨を入れさせてくれるんやったら、あんたのも完成させますよ。どうです」

「どうです、……か」

煙と一緒に、言葉を舌の上で転がした周平は、

「それでええんやったら、昨日の貸しもなしにしますわ」

そこまで言う財前に目を細めた。

貸しは、佐和紀を助けてもらったことじゃない。それは佐和紀と財前の間のことだ。

周平が財前に借りているのは、媚薬入りの佐和紀だった。昨日の夜、それを貸しひとつ

と数えるには安すぎるほど、周平は自分の欲望を満たしたのだ。

　足元を見られてもしかたがない。

　理性を手放して乱れる佐和紀はそれでも声をこらえ、苦しそうな泣き顔も何もかもが壮絶なほどいやらしくてかわいかった。心底、あれが毎日でもいいと思う。

「どこに入れる」

　周平がそっけなく聞くと、財前がにやりと笑った。

「内太ももと言いたいところやけど、あんたもあの人も、僕がそんなとこを触るんは嫌やろう。内膝の上でどうです。そこが一番色っぽい。あんたの欠けた牡丹をあの人に入れて、その空白には厄除けに菩薩(ぼさつ)の梵字(ぼんじ)を混ぜます。佐和紀さんなら弥勒(みろく)がええでしょう」

「悪くはないな」

　笑ってタバコを揉み消す。顔をあげると、財前の肩の向こうに佐和紀の姿が見えた。財前を探しに来たのだろう。周平に気づくとあからさまに不満げな顔になる。

「やっぱり、いるんじゃねぇか」

「今、迎えに来たところだ。喫(の)んでたのか？」

　タバコの吸殻を検分するように足元を見た佐和紀が柄悪く舌打ちする。

「聞いてたんだろ」

「いや、ずっとここにいた」

くちびるを尖らせる子どもっぽい仕草さえ色っぽく見えて、今すぐ引き寄せたくなる。静かな圧力と、ぎりぎりのはったり。あんな細かい駆け引きができるとは思ってもいなかった。バットを持って暴れ回るのとはまったく真逆の行動だ。今までの暮らしでは必要とされない部分だったのだろう。

「嘘つき」

「帰るか、佐和紀」

手を伸ばすと、睨みつけられながら指が返される。摑んで引き寄せた。すると、

「その前に、タバコを一本」

もう片方の佐和紀の手が、人差し指と中指を立て、キスを止めるように周平のくちびるを押さえた。

「ええですよ。桜川会長には適当に言うておきます」

空気を読んだ財前がくるりと背を向ける。気を取られた佐和紀の腰を、すかさず抱いて身体を近づけた。くちびるを押さえている佐和紀の指越しにキスする。

二人を隔てる境界線はやがて少しずつ開き、お互いの吐息と舌先で濡れた。

夕暮れの鴨川を眺める川床の座敷で、谷山と石垣も交えて鱧会席を食べた後、佐和紀は

周平に誘われて河原へ下りた。

　京都名物だという『飛び石カップル』が河川敷に座っている。おそろしいほど等間隔だ。一定の距離を開けて並んだカップルの間に、他のカップルが座っても、それはちょうどカップルとカップルの真ん中だ。カップル同士が肩を並べることはない。

「あー、疲れた……」

　佐和紀は両手を組んで空に伸ばした。さすがに若いカップルたちの間に収まるのは気が引けて、河川敷をブラブラ歩く。周平が立ち止まり、タバコに火をつけた。

　当たり前のように奪って吸い込み、そのまま返す。周平はくちびるの端を曲げて笑っただけだ。タバコを受け取り、自分のくちびるにくわえる。佐和紀は歩きながら、この一週間を思い出して笑った。

「あっという間だった。揉めて、ヤッて、揉めて、ヤッて、って繰り返してるだけだったけど」

「そんなことはないだろ。収穫の多い出張だった。おまえの成長も確認できたしな」

「……どこの？」

　眉をひそめて振り返ると、しらばっくれた顔で周平は川向こうへ視線を投げた。

「なぁ、周平。……あの女のどこが好きだった……？」

　佐和紀は歩みを止めた自分の足を見下ろした。裸足（はだし）の爪先（つまさき）と、紺色の鼻緒。

さりげなく聞こうとするほど胸の奥が揺れる。

「あー。セックスだな」

あっさりと返ってくる答えに苛立った。

「真剣に答えろよ！」

「真剣だよ。俺は。……真面目に考えても、それしか思い出せない」

「おまえの頭の中は昔っから下半身のことしかないってことだな！」

佐和紀は声を荒らげて歩き出す。追ってくる足音を聞きながら、川沿いに立ち並ぶビルを見上げた。そこから漏れる光だけが河川敷の歩道を闇に浮かび上がらせている。

何気なく目を向けたカップルがキスしているのに気づいたが、それは一組だけではなかった。短いキスをしただけのぎこちない二人もいれば、ずっと重ねたままの二人もいる。

「どこが好きだったなんて、覚えていられることじゃない」

周平の声が背中にかかる。振り向かずに佐和紀は歩きながら耳を傾けた。

「原因があるから好きになるわけじゃないんだ」

「……好きだったんだよな」

振り返って近づき、タバコを奪う。また一口吸って返した。

「恋は終わるんだ……。佐和紀。あれは終わった恋だ。若気の至りだよ」

「恋って、なんだよ。俺はそんなのしたことないし」

足元の砂利を蹴ると、土埃が舞う。

「……今の俺とおまえだろ」

低い声で答える周平の口調は真剣だった。突然、川向こうの若いグループが花火を始め、迷惑を顧みない歓声が響いた。それさえ夏の風物詩だ。

「いつか、終わるんだな」

佐和紀はぽつりとつぶやく。あの花火のように一瞬は楽しくても、燃え尽きれば終わりになる。

「おまえが嫌がれば、だよ。俺の過去が引っかかるか」

佐和紀はうつむいたまま、周平が吸っては下ろすタバコの火を見つめる。

「俺が誰かを好きになって嫌いになって、そうやって繰り返してきたことのすべてを知る必要なんてない。何もかもを知ることがいいわけじゃないだろう。俺にも、おまえに対する見栄はある」

「周平はなんでも知ってるだろ。俺のこと」

過去に何をして、シノいできたか。そういうことも周平は気にならないのだろうか。自分なら無理だと思う。周平が心を許していなくても、抱いた相手のことは気になる。

「かいかぶってるんだよ、おまえ」

そう言いながら、タバコの吸い口を向けられた。佐和紀は素直に指で摘まんで口に運ぶ。

川向こうでグルグルと円を描いている、赤や青の炎を見つめた。

「俺にも知らないことはある。おまえが幹部連中に触られてどんな顔をしてたのか、知らない」

「……そんなの、どうでもいいことだろ。イラつくなぁ！」

気にして欲しい甘えを見透かされた気がして思わず悪態をつく。

「おまえには、どうでもいいことだろうな。俺にとって、終わった恋がどうでもいいのと同じだ」

「本気で、気にしてる？」

ちらりと視線を上げた。今度は周平が川向こうを見ている。

「妬いてるだけだ。……佐和紀、子どもの頃のおまえってどんなふうだった」

突然に言われて、何を答えたらいいのか、わからない。すぐに思い出せる記憶なんてなかった。いつも今に必死だから、過去は簡単に過ぎ去って、日常に紛れてしまう。

「そんなおまえに惚れてるよ」

視線が戻ってくる。

佐和紀の手首を摑むと背をかがめ、指に挟んだままのタバコに口を寄せた。

「どんな育ちであっても生き抜いて、俺のところへ流れ着いた。……あの女を憎んで生きながらえた甲斐もあるさ」

「どういうこと……？」

周平の言うことは、ときどきよく理解できない。首を傾げた佐和紀の指からタバコを抜き取って、周平は靴底で揉み消した。

「いつかは報われると思って生きてる。俺だってな」

胸ポケットから出した携帯灰皿に火を消した吸殻を入れる。

「恋がどういうものか、教えてやろうか。佐和紀」

周平は笑わない。じっと見つめ返す佐和紀の顔を覗き込んでくる。

その自信に満ちた力強さに、佐和紀はぞくりと背筋を震わせた。

「キスしてくれ」

そう言われて、何を考えてるんだと突っぱねるべきなのに、できない。

「周りに、人が、いるだろ」

常識ぶった答えを周平が声もなく笑う。手を頬へと運ばれた。汗で湿った肌に指先が触れると、燃えるように熱い刺激が走る。佐和紀は思わず身をすくませた。

「どうせ、旅先だ」

無責任な亭主の一言に舌打ちする。

誰も見ていないわけがない。物陰だが人も通る。旅先だというだけで羞恥がなくなるわけでもなかった。なのに佐和紀は、かすかに伸び上がった。そうしたいと思う気持ちに勝てない。

「子どもだまし」

素早くキスして離れると、からかう笑い声が近づいてくる。これ以上は……と思いながら、まぶたが閉じていく。

「いい加減にしてください！」

駆け寄る足音の直後、身体を引き剝がされた。川床から通りを走り抜けてきたのだろう。ぜぃぜぃと肩で息をする石垣は鬼のような形相だ。

「そこのジャリガキと自分たちが同じだと思わないでくださいね！」

「金が取れるだろ」

周平がふざけて笑う。

「自覚があるなら、やめてください！」

店に戻りますよと踵を返す石垣についていて歩きながら、周平が懲りずに佐和紀を引き寄せる。

「アニキ。バレてますから……ッ！」

勢いよく振り返られて、周平は笑いながら佐和紀の頰にキスした。

「嫁にキスして何が悪い。見たくないのは、イラつくからだろ？」

「……なに、舎弟にケンカ売ってんだよ」

あきれながら周平の顔を押し戻す。でも、腰にまわった手まではほどかない。

「薬を仕込まれた俺に、何した？」

先斗町の狭い通りに入ると、石垣はほどよく離れて歩く。

「なんにも？」

酔っぱらいの集団から佐和紀を守るように抱き寄せ、周平はまたしらっとした顔で答える。

「……聞かなくていいこともあるか……」

その行為で自分がどうなったのか、そして周平はどう感じたのか。知ってはいけない気もする。

「今夜、もう一度してやろうか。素面(しらふ)じゃ身悶(みもだ)えるようなプレイだ」

脇にまわった手が器用に着物の上から胸を撫で回す。

「っんの、ゴト師！」

指先に敏感な突起を探り当てられて、布の上からでも身体は反応してしまう。くれてやった肘鉄は、瞬間に力を入れた腹筋で押し戻される。

「本当に嫌なら本気を出せよ」

からかってくる相手を睨んで、佐和紀は腕の中から飛び出した。

「タモツ、タモツ。今夜は飲みに行こう！」

小走りに追いついて、飛びつくように肩に腕をまわす。

「え！」

迷惑そうに眉をひそめて兄貴分を振り返る石垣の顔を、手のひらで自分の方へ引き戻す。

「俺と出かけるのが嫌か。うん？」

間近に顔を覗き込むと、赤くなったり青くなったり、忙しく色が変わる。

「やめてくださいよ。殺されるじゃないですか」

「俺のために死んでよ」

ささやくと、石垣が脱力した。

「あんたね……。人の弱みにつけこむような真似を……」

「ん？　弱み？」

石垣が愕然（がくぜん）としたように顔を引きつらせる。佐和紀の腕を振り払うと、周平へ駆け寄った。

「信じられねぇ。俺、やっぱり、あの人といるの嫌ですよ。おっそろしく鈍感じゃないですか」

「……敏感なところもあるけどな」

「なんの話をしてるんだよ！」

佐和紀が割り込む。放っておくと周平はすぐいやらしいことを言い出すから問題だ。

「何を騒いでいるんですか」

三人を待ちきれなかったらしい谷山が店から顔を出した。

「もう会計を済ませましたよ。次の店、予約しましたけど。え？　いいですよね。スナックで」

「京都まで来て、スナックなんですか。谷山さん」

最年少の石垣が長い息を吐く。

「俺の馴染みのところを今日は貸切にしてますから。佐和紀さんが暴れる心配もないし」

「……俺だっていつも暴れてるわけじゃない……」

「いや、暴れてますよ」

すかさず口を挟む石垣を睨みつける。そのやりとりに、周平が笑った。

「谷山は、佐和紀の『ラバウル小唄』を聞いたことないだろう」

「渋いですね。昭和も初期じゃないですか。補佐の歌は、聞いたことあるんですか」

「周平、カラオケすんの？」

思わず石垣に問いかけてしまう。

「そりゃ、営業には不可欠だろう」

答えるのは周平本人だ。

「おまえがいつ営業になったんだよ」

佐和紀が文句をつけると、残る三人が揃って笑う。

「じゃあ、アレですね。口説きの一曲を是非」

「おまえ、余計なこと言うな」

谷山の言葉に、周平が一人で歩き出す。

「あの歌を聴いて落ちなかったホステスはいませんね」

「谷山、死にたいのか？」

睨まれて、肩をすくめながら谷山はつけ足した。

「ダメ押しってヤツですよ。あの人に目をつけられて落ちなかった女なんていませんでしたから」

「……あーそー」

佐和紀はその場で腕組みして、石垣を睨みつけた。

「俺に当たらないでください……」

「どうせ、俺もその一人だろ」

思わず愚痴った一言に、谷山がニコニコと笑顔を浮かべる。

「そんなわけがないでしょう。補佐を本気にさせたのは、佐和紀さんだけなんですから」

ごく自然な口ぶりで言われて、佐和紀はうつむいた。自分の頬が赤くなっているのがわかる。耳まで熱い。石垣と谷山に気づかれたくなくて、周平の姿を探した。

「ってか、あのバカ亭主。逆ナンされてんなよ……」

ＯＬらしき若い女性二人に摑まり、いかにも誘われているような雰囲気だ。佐和紀は腕組みをしたまま近づいて、周平の腕を引っ張った。そのまま顔をぐいっと自分の方へ向けさせる。

「よそ見してたら殺す」

低い声で告げた。きゃいきゃいと周平に話しかけていた女たちは、突然現れた和服の男に驚く間もなく、谷山と石垣に追い払われて去っていった。

「かわいいこと言ってると、ホテルへ直行するぞ」

「どうせ旅先だからとかって浮気するタイプだろ」

睨みつける佐和紀と、余裕で受け流す周平の脇で、

「カラオケ行きましょうよ」

「飲みましょうよ」

舎弟二人が大きくため息をついた。

＊＊＊

多くの寺院の門が『山門』と書かれるのに対して、知恩院の門が『三門』と書かれるの

は、悟りに通じる三つの解脱の境地を表す『三解脱門』を意味しているからだ。

その大きな門を目指して、真夏の日差しに照らされる階段を登る。

群青色のシャツを肘までまくった周平は額に汗を滲ませながら、ボタンを二つはずした襟元を、指で引っ張った。三門の足元を見回すと、閉じた日傘とクラッチバッグを抱えた女が、柱にもたれて待っていた。向こうも周平に気づく。

「変わらず、階段を上がってくるのね」

知恩院の階段は急傾斜で、夏は特に、女坂を上がって参拝する観光客が多い。

話がしたいと呼び出したのは周平の方だった。

「今でも殺したいと思ってるよ」

階段の下を眺めた由紀子は不穏な台詞に驚きもせずに振り返る。佐和紀がいないことを確かめていたのだろう。

「過去の俺はそれを望んでる。でも、今の俺はもうどうでもいい。……今度、うちの嫁に手を出したら、桜河会ごとつぶすからな。今の暮らしを守ってろ。おまえだって、いつまでも若くない」

「それは温情のつもり？」

答える由紀子のくちびるが震えている。女の肩は出会ったときと同じように華奢だった。

「……皮肉だな。由紀子。この道に引きずり込んだおまえに、今は感謝してるぐらいだ」

周平はタバコを取り出そうとして、ポケットに入れていないことを思い出した。舌打ちして、階段の下に目を向ける。白い日差しがコンクリートに弾(はじ)け、日陰から外へ出た瞬間に焦げつきそうなほど眩しい。身体に墨を入れられ、極道になって、仕事で女をハメて、人を殺しもした。その人生を周平は静かに思い出す。

「おまえを苦しめるのが、こんなに簡単だとは知らなかった」

すべては過去だ。確かに過去になった。終わった恋は、褪(あ)せていくのが定めだ。

「誰のものにもならない。自分でさえ手に入れられないから、価値があったのよ」

涙が女の頬を伝い落ちる。それを拭いもせず、由紀子も周平と同じ方向を眺めている。

「それはまやかしだよ。俺とおまえを繋いだのは媚薬を混ぜたセックスだけだ。……帰る前に駅ビルで和菓子を買うらしいよ。若頭補佐になっても、嫁には勝てないんだな」

ふざけて言いながら腕にはめた時計を見て、女坂の方へ足を向けた。

「周平さん、待って。あげるわ。そっちで流通しているのよりも質がいいのよ」

呼び止めた由紀子がクラッチバッグを開ける。七宝焼きの薬入れが放物線を描いて飛んできた。空中でキャッチして、周平は笑った。

「みっともないから、涙ぐらい拭えよ」

大股に歩み寄り、佐和紀が持たせてくれたハンカチを渡す。

「あの男の匂いがする。仏壇みたいな匂い……」

強がりの悪態をつきながら、由紀子は涙を押さえた。

「いい女でいろよ、由紀子」

声をかけて背を向ける。女狐には女狐のままでいて欲しい。

その方が過去を惜しまずに済む。

そのまま三門を後にした。坂を下り、円山(まるやま)公園に入る。

観光客にまぎれて、売店の前で抹茶のソフトクリームにかじりついていた佐和紀が手をあげた。

なくした眼鏡の代わりは帰ってから新しく買うつもりで、今日もコンタクトだ。

「話、終わった？　最後にお参りして帰りたいんだ。ご利益があれば、また来れるかもしれないし」

一人で待っていた佐和紀は、さっさと八坂神社に向かって歩き出す。

「桜川のおっさんが、紅葉狩りに誘ってくるかもな」

「来てもいいのか」

屈託のない視線を向けられて、細腰に巻いた帯ごと抱き寄せる。

「やめろよ。目立つから」

「京都観光ができるぐらい、暇ならいいけどな」

周平はにやりと笑って、佐和紀の耳元へくちびるを近づけた。

「三井と石垣を連れて、外回りするか」

「それって、仕事してもいいってこと？　マジで？　やる。やりたい……！」

よっぽど暇を持て余しているのか、きらきらと輝いた目に見つめられ、周平はくちびるの片端を上げた。

「その台詞、ベッドのそばで言ってくれよ」

いやらしくささやきかけると、ハッと息を呑んだ佐和紀は腕から逃げ出す。そのしなやかな身のこなしを目で追った。

昨日の晩は遅くまで四人で飲み歩き、結局、ディープキスをしただけで眠った。その前の日にとことんヤリまくったからいいんだ、なんて、あきらめられるほど淡白じゃない。

抱けば抱くほど、欲は果てしなく身のうちに募る。

「帰ったらまた、俺は忙しくなるからな」

「あっそ」

どうでもいいような振りをする佐和紀が、抹茶ソフトクリームを食べ終わる。

「ちゃんと夜にベッドの上なら、文句ないんだよ……ッ」

小さな声が聞こえた。ちらりと視線を投げてくる目元が赤く染まり、それだけで色っぽく感じるのは、やはり周平が卑猥な妄想ばかりしているからだ。

「ベッド以外の場所で、恥ずかしがるのもイイんだからしかたないだろ」

「ほんっとド変態。おまえの変態が治るように、神様にお願いしてやるよ」

「やめとけ。後悔するのはおまえの方だ。本当に文句ないのか。ベッドの上なら」

腕を摑んで引き寄せる。

「よ、夜な……」

「じゃあ、今夜。久しぶりの自宅で、とことんかわいがってやるよ」

「言い方がッ！　嫌なんだよッ！」

怒っている佐和紀は、それでも腕を振りほどかない。

「おまえとヤらないと死ぬだろ。他に相手もいないのに。俺の性欲をナメるな」

腕を離して先を歩く。足音が後をついてくる。そしてシャツの背中を指先がそっと引っ張った。

「ほどほど、で……」

足を止めて振り返ると、うつむいたまま、佐和紀が言った。

「とことんは無理……だから、ほどほど……」

「おまえは本当にかわいいな」

今すぐキスをして、草むらでハメたいぐらいには。と、思い浮かぶ言葉は口にしない。怖がらせないように、そっと頭に手を置いた。くすぐったそうにすくめる肩に腕をまわして歩き出す。

「やめてくださいよ、いちゃつくのは」

八坂神社の前に停めた車から出てきた石垣が、駆け寄ってくる。谷山は運転席のドアの前で苦笑いを浮かべていた。

「自分のシマじゃできないんだから、いいだろうが。……どうも口うるさいな」

周平は、ぼやきながら息をついた。

もしも自分の半生が佐和紀に出会うための伏線だったなら、それも悪くはないメロドラマの筋書きだろう。これは恋だ。終わることのない最後の恋。きっといつか、佐和紀にもわかる。

そのときは、甘く熟れた身体を胸に抱いているに違いない。

「周平、顔がエロい！」

蹴ろうとしてくる足からとっさに逃げる。

「逃げるな」

佐和紀は不満げだが、条件反射で動いてしまうのだからしかたない。

「タバコをくれ、佐和紀」

笑いながら指を向ける。預けていたタバコの箱を投げつけられた。顔の前でキャッチして一本抜いてから返す。石垣がすかさずライターを取り出した。

火をつけて、慣れた苦味を吸い込む。蒸すように暑い駐車場の隅だが、何かが終わった後のすがすがしさに胸がすく。自分もタバコをくわえた佐和紀が、石垣とじゃれ合っている。谷山が近づいてきてタバコを取り出した。

「平和ですね。若頭補佐」

佐和紀にたっぷりと暴れ回ってもらったおかげで、組のシマでさばかれていたルール違反の薬もしばらくは姿を消すだろう。桜河会にもはったりを利かせて優位に立ったし、生駒組の真柴とも繋ぎができた。もう少し達成度が低いと見込んでいた今回の仕事は、周平と谷山にとって笑いが止まらないほど万事が上手くいったのだ。

「とりあえずはな」

ひとり言のように口にして、周平は空へ上がる紫煙を見つめた。

＊＊＊

長いようで短かった旅の終わりに、佐和紀はわずかに物憂げな気分で神社を振り返ってから車に乗った。後部座席で、周平に手を握られる。

宵山で聞いた祇園祭の遠囃子が今も耳に聞こえる気がして、母の写真を思い出した。隣に立っていた男を思い出そうとしてみるが、どうしても記憶は戻らない。

周平の指を強く握りしめていたことに気づいたのは、車が京都駅に近づいた頃だった。

あれは母の昔の恋だったのだろうか。もし、周平と離れることがあれば、自分もそのときは泣くだろう。何年経っても思い出して泣くと思う。周平のことが好きだから。

「写真、撮ればよかった。宵山で」

つぶやくと、周平が爪(つめ)を指先でなぞってくる。

「また来年がある」

そうやって時間は積み重なっていくのだろうか。

佐和紀は何も答えずに窓の外へ目を向ける。

繋いだ指が、燃えるように熱い。これが恋なんだと、それだけを感じていた。

チェリーレッドのくちづけ

瓦屋根の武家屋敷門を抜けて、なだらかな曲線を描くスロープを上がっていくと、母屋の車寄せが見えてくる。運転席でハンドルを握る岡村が静かに車を停めた。車幅の広い高級車の取り回しも上手く、周平の舎弟の中では一、二を争う運転技術の持ち主だ。

「着替えの手伝いはいらない。母屋で待ってろ」

岡村が開けたドアから外へ出た周平が声をかけると、岡村は背筋を伸ばして一礼した。

「その間に、シャワーを浴びてもかまいませんか」

次の予定に合わせて出かけるまで、三十分ほどの時間がある。岡村も汗を流して、シャツを着替えたいのだろう。

「好きにしろ」

答えた周平は、夏生地のジャケットの裾を跳ねあげて、片手をスラックスのポケットへ突っ込んだ。母屋の玄関ではなく、生け垣の裏へ向かう。佐和紀と住んでいる離れへ続く道が隠れていた。

低木沿いに進んでいくと視界が開ける。計算されて植えられた木々は長い年月をかけて育ち、葉を茂らせた枝が頭上に伸びていた。木陰の細い道が続いている。

右手側に、中庭と離れの玄関へ続く道が現れたが、曲がらずに進む。すると、左手側に丹精込めて作られた広い日本庭園が見えた。

錦鯉の泳ぐ池が夏日にきらめき、築山も青々として美しい。

基礎は戦前に作られたものだ。屋敷の周りが戸建て専用の住宅街なので、遠景に近代的建築物が入り込むこともない。横目で眺める周平の額に、じっとりと汗が滲んだ。夏生地のジャケットを脱いで、腕にかける。刺青を透かさないための濃い色のシャツが太陽の熱を吸い込む。

通り道になっている小さな庭を抜けていくと、目隠しの生け垣が近づいてくる。その先が離れだ。四つ目垣に備え付けた枝折り戸の前で、周平は足を止めた。

離れの庭はこぢんまりとしていて、季節の庭木が植えられているのは敷地を取り囲む生け垣の手前だけだ。蟬がふいに鳴き始め、白く眩しい夏の光が、打ち水をした庭土の上へと降り注ぐ。

佐和紀は縁側にいた。台の上に金タライを置き、足を浸して涼んでいる。膝上までまくりあげた浴衣の裾から伸びた足は引き締まって形が良く、健康的な日焼けの色をしていた。華奢で白い足よりも官能的に思えるのは、佐和紀が男だからだ。

浴衣のあわせはゆるみ、団扇を使っている側だけ、袖が腕まくりされている。手元に置かれた盆の上には、氷の入った麦茶と一緒に缶ビールが置いてあった。

佐和紀が片足で、たらいの水を掻き回す。ふいに跳ね上げられた水しぶきが、キラキラと輝きながら放物線を描く。

周平は目を細め、ひっそりと息を呑（の）んだ。

京都の夜が思い出され、胸の奥が痛んだ。佐和紀の知らない『二人』の思い出だ。

薬のせいで記憶が消えると知っていて、周平は思う存分に佐和紀を抱いた。前から、後ろから。そして、表に、裏に、と。普段の佐和紀なら怒り出すようなさまざまなポーズを取らせて、快感に悶（もだ）えながら泣く身体（からだ）を確かめた。

弄（もてあそ）んだのではなく、検分したのだと言いたい周平は、自分がしたことの卑怯（ひきょう）さを知っている。あの夜の佐和紀は、彼であって彼でなかった。それなのに、身体には快感が爪痕（つめあと）を残している。

京都から戻り、何度か、身体を重ねた。いつも通りに、優しく丁寧に、無理強いをしないように抱いたが、そのたび、佐和紀はどこか物足りない表情で見つめてくる。

初めのうち周平は、佐和紀が覚えているのではないかと恐れた。しかし、それはないと、すぐにわかった。周平がしたことを覚えていれば、佐和紀は絶対に怒る。怒って家を飛び出し、三日は口も利かない。

あの夜の最後、佐和紀はもう泣いて泣いて止まらなかった。

いつもなら許されるはずの行為を強要され、それが快感になるまで徹底的に付き合わされたからだ。快感と拒絶が混じり合い、許しを請いながら快感に沈んでいく姿は、周平のあくどく残酷な部分を満たした。佐和紀の快楽を支配し、自尊心のすべてを制圧する妄想が叶った瞬間だったかもしれない。

しかし、日が経つほどに、心は物憂くなっていく。

薬の効能で抵抗できない佐和紀の反応を、愛情ゆえだと思い込める自分の浅はかさが醜悪で疎ましい。ままならない人生の鬱屈をセックスで晴らしてきたことの、味気ない達成感をいまさら剝き出しにして突きつけられた気分だ。

由紀子が、あと少し利口な女だったなら、周平の最大の短所を見逃さなかっただろう。佐和紀を貪ったことを攻撃されたかもしれない。しかし、彼女はそれほど聡くなかった。不幸中の幸いだが、年齢を重ねてもなお、愚かな悪食を繰り返す自分自身には嫌悪しかない。胃の奥にじわじわとした不快感が募り、周平は舌打ちしながら眼鏡のずれを直した。

眩しい新妻から視線をはずし、自分の足元を見る。じりっと、後ずさった。

佐和紀の心が幼かったことも自分にとっては幸運だったと思う。

世間を知らないおかげで、露見せずに済んでいる本性があり、物事がねじれずに済んでいる。もしも佐和紀が処女でも童貞でもなく、誰かを愛することを知っていたのなら、二人の関係は今と違っていただろう。

それなのに、幸運に飽き足りず、ないものねだりですべてを求め、欲望のままに佐和紀を貪ってしまった。

これまでの周平なら、ここまで気に病むことはなかっただろう。自分と一緒に落ちてくれる相手を、求めていた部分もある。

愛欲にまみれて、繰り返し重ねる傷だけが痛みを散らしてくれると信じていた。

ほんの数ヶ月前の話だ。佐和紀と出会うまでの自分自身を思い出し、周平は無言で足元の小石を踏みつけた。

佐和紀と出会い、恋に落ちて、すべてを初めから積んでいくことは怖くない。けれど、その先はわからなかった。積み木なら、いつか崩れてしまうし、砂の城なら波にさらわれる。それは、不幸が訪れるまでの、束の間の幸せだ。

はっとして、周平は顔をあげた。

葉陰が揺れて、眩しい光が視界に差し込む。

周平がここにいることも知らずにいる佐和紀は、退屈そうに団扇をあおぐ。浴衣の袖を指で摘まんで、うなじの汗を拭う仕草をした。

佐和紀との生活が壊れてしまうなんて考えたことがない。そう気づいて愕然とした周平は、自分を浅はかだとも、愚かだとも思わなかった。

恋に落ちた相手は、他の誰でもない。佐和紀だ。

純情でまっすぐで向こう見ずな男が、自分の後ろ暗さをすべて拭い、ものごとを順序立てた美しい姿に整え直してくれると周平は無条件に信じている。

性愛の前にある感情だ。周平はただ、佐和紀の男気を信頼した。

だから何も知らずに交わしてしまった三三九度の盃の代わりに、ダイヤのエンゲージリングを送ったのだ。

幸せにする努力を怠らない代わりに、佐和紀の伴侶として永遠に隣に寄り添っていたいと、その存在に過去の贖罪と赦しのすべてを求めた。

木陰から太陽光の下に出る。乾いた庭土の上を横切り、打ち水で濡れた土を踏む。

佐和紀が気づいて顔をあげた。パッと笑顔が咲いて、団扇がひらひらと風を起こす。

「おかえり」

戻ってくるとは思っていなかったのだろう。周平を見た佐和紀は、素直に喜ぶ。

「着替えに戻っただけだ。シャワーを浴びてくる」

近づいて、そっとあご先に触れた。佐和紀の肌は汗ばんでいて、性的に爛れた周平の心を掻き乱す。

あの夜のように、佐和紀と交わりたい。

でも、あの夜のように、強要したり制圧したりはしたくなかった。苦い後悔と自責を味わい、周平はそっと腰を曲げた。眼鏡をかけた佐和紀の前髪を撫で上げて、生え際にキスをする。

「んっ……」

くすぐったそうに肩をすくめた佐和紀はかすかに身をよじり、顔をそむけてうつむく。くちびるにキスして欲しかったのだろう。それが言えず、求めることもできず、ただ困っている姿がいじらしい。

自分の旦那が、どれほどあくどく、そして罪深く汚れているか。佐和紀はまだ知らない。知った後でも、この男なら愛し続けてくれるのではないかと期待する周平は、人生に喜びを感じている。

かつて失ったものは、もう甦らない。元には戻らないけれど。

しかし、もっと美しいものが手に入ることもある。

「おまえも、汗を流すか？」

声をかけたが、佐和紀は髪をパタパタと揺らして拒む。

「絶対、やらしいことするだろ」

「しなければ来るか？」

「しないなら、まぁ……暑いし」

たらいから足を抜いた佐和紀は、手元のタオルで水滴を拭った。

「本当にしない？」

見上げてくる目があどけない印象だ。しかし、微笑み返した周平の視線は、見えそうで見えない、ゆるんだ浴衣のあわせに釘づけになっていた。

一緒にシャワーを浴びて、軽くキスをして、周平はそれだけで佐和紀を解放した。

おかげで、欲求不満が一日中続いてしまう。しかし、悪い感覚ではなかった。出したいだけの性欲じゃない。佐和紀を愛してやりたくてたまらないだけの、甘い欲求だ。

いつも以上にフェロモンを振り撒いていると揶揄され、新婚だからと鼻白んで答えるのも、家で愛妻が待っていると思えばこそで、たまらなく自尊心が満たされる。

深夜を回って帰宅すると、廊下に柔らかな照明が灯る離れは静まり返っていた。

覗いたリビングは暗く、物音がしない。寝室に使っている二間続きの和室へ向かう。襖をそっと開くと、細い光の筋が足元に伸びた。天井の明かりは消え、枕元に置かれた行灯型のライトがうすぼんやりと光っている。

クーラーで冷やされた空気が、周平の頬を撫でる。今夜は深酒しなかった。それなりに飲んではいたが、帰りの車で醒める程度のアルコール量だ。

手前と奥にふたつ並べられた布団の向こう側、障子に近い方がこんもりと盛り上がっている。ネクタイをはずしたスーツ姿で、周平は和室の中へ入った。ジャケットを脱ぎ、乱れ箱の中へ落とす。健やかな寝息の佐和紀に近づいた。

障子に背を向けて丸くなっている。眼鏡はかけたままだ。

　枕元の文庫本は閉じられていて、近くにしおりが置かれていた。読みかけのまま眠ってしまったのだろう。

「佐和紀……」

　薄明かりの中で呼びかける。眼鏡をはずしてやろうとしたが、まるで猫のように丸くなっているので、うまくいかない。しかたなく、佐和紀の肩を押して仰向きにした。眼鏡を取り、枕元のトレイに置く。

「ん……」

　寝ぼけた佐和紀が目を閉じたまま、手を動かした。指先が周平の膝頭をかすめる。

「ただいま」

　小声でつぶやき、さまよう指先を摑んだ。身をかがめて、額にキスをする。

「……帰ったの。……おかぁー、り……」

　あくび混じりの寝ぼけ声はあどけない。けれど、幼さはなかった。

　甘えるような響きに胸の奥を摑まれ、周平は内心で戸惑った。猛烈な性欲に腰を揺さぶられる反面、理性が鋭く自制を求めてくる。

「どしたの」

　枕に頰ずりするようにして笑った佐和紀の目が細く開く。まだ意識は目覚めていない。

「寝よ……」

掴んでいた手が動き、指が絡む。ぐいっと引かれたが、周平の身体は揺らぐこともない。佐和紀がくちびるを尖らせた。覚醒していない身体を起こし、崩れた片あぐらで布団の上に座り込む。

身体を覆っていた羽毛布団が、乱れた浴衣の腰あたりを絶妙に隠し、気を取られている周平はベストを引っ張られて驚く。佐和紀の両手が、ベストのボタンに触れていた。

「……もー、ちゃんと、服を脱げよ。バカ……、もー……」

ぶつぶつ言いながら、ぎこちなくボタンをはずしていく。それも最後までは続かず、佐和紀はぽてんと周平の胸に崩れて寄りかかる。

「周平の、匂い……」

眠たそうな声と甘いため息に揺さぶられ、周平の手が宙を掻いた。百戦錬磨の色事師と呼ばれてきた男の腕が、恐ろしくみっともない仕草で、寝ぼけた男の背中を抱き寄せる。

頭の中では激しくかき抱き、布団の上に押さえつけてのしかかった。しかし、実際は、優しく背中に腕をまわしただけだ。佐和紀のため息が、ボタンをはずしたシャツの間から這い入って、艶めかしく周平の素肌をなぞる。

周平は言った。

「いい匂いじゃないだろう。汗の匂いだ」

「んー……、そう？」

佐和紀の腕が周平の首筋にまわる。夢見心地にうっとりとした目が、顔を覗き込んできた。微笑みと同時に、あご先に噛(か)みつかれる。痛みのない甘噛みだ。

寝ぼけながら甘えている佐和紀は、熱っぽく息を吐いた。アルコールの匂いがして、今夜の深酒は佐和紀の方だと悟る。

酒も薬も変わらない。理性がないなら手を出すべきじゃない。

わかっていても、周平の理性は、佐和紀への欲望に勝てなかった。

すり寄ってくる身体を抱き寄せ、乱れた浴衣の裾へと手を伸ばす。腿(もも)に触れると、佐和紀の身体は敏感に跳ねた。

「……っ」

「生理現象か？　それとも、誘ってるのか……」

言いながら、指で肌を撫でる。イヤイヤをするように首を振った佐和紀の腰が逃げそうになり、周平は抱き寄せながら身を近づけた。

佐和紀からの答えは返らない。だから、そのまま続行して、下着の上から手をあてがった。膨らみ始めているそこが、また震えて大きくなる。

佐和紀をしがみつかせた周平は、両手を浴衣の内側に入れた。下着を掴んで、引き下ろす。

「したら、ダメ……」

「まだ寝てるからか？」

優しい仕草で臀部を撫でながら、額同士をこすりつけるようにして佐和紀を覗き込む。眼鏡が当たらないように、くちびるを重ねた。

「んっ……、ふっ、んっ……」

「今日は、何を飲んだ？」

「スナックで、いいちこ……」

下町のナポレオンと呼ばれる焼酎だ。

「そうか。楽しい酒だったんだな」

周平が問うと、キスから逃れようとしていた佐和紀がうなずく。周平はなおも追って、佐和紀を布団の上に戻した。添い寝するようにして、へそ下に指を当てる。

「触っても、いいか？」

肘をついた腕で顔を支えながら何気なく聞くと、

「顔、見たら、嫌だ」

佐和紀はふいっと顔をそらした。

「じゃあ、見ないよ」

言いながら、周平は眼鏡を取った。それから、枕元に置かれた小箱の中のローションを取り出す。

「よく眠れるように、ヌいてやる」

「……え、俺だけ？」

服が摑まれる。布団の下の方へ移動しようとしていた周平は、じっとうつむいた。

何を言うべきか、答えに困る。もちろん、最後までしたい。抱きたいに決まっている。

しかし、佐和紀は、起きているのか、眠っているのか。酔っているのか、素面なのか。

まるでわからない状態だ。朝になれば、周平が寝込みを襲ったと文句を言うだろう。

「出しても、すっきりしなかったら考えればいい」

周平は大人の振りをして答えた。ローションを手に取り、佐和紀の芽生えに塗りつけながら上下に動かす。もう片方の手を胸にあてがい、乳首を撫でる。

「……あっ……ん」

佐和紀の腰がかすかに浮き上がり、手の中のモノがむくむくと大きくなった。

刺激に弱い場所だ。そっと剝いて、ぬめりで包む。手のひらで先端を撫で回すと、佐和紀の息が弱く震えた。

「ん？　どうした？　両方は嫌か」

ゆっくりとした愛撫を加えながら、身体を起こすように促す。服にすがらせて抱き寄せた。うつむく佐和紀の顔を覗き込み、短いキスを繰り返す。

手の動きに翻弄されて弾む息づかいを隠してやりながら、周平は快感に怯える佐和紀をれて甘い。嫌がっていないことはわかっている。手の中のものは熱く、息はけだるげにかすれて甘い。

背中にしがみつく手が、服をぎゅっと握りしめた。

「佐和紀、もっとキスをしてくれ」

ささやきかけて、顔を近づける。背中を抱き寄せて、手の動きを強めた。

間近に迫った佐和紀の顔が歪む。敏感ではあるが、触られ慣れて、以前ほどの痛みはないはずだ。

「んっ……、ん……」

息をこらえた佐和紀が首を振って逃げる。胸元に額をすり寄せられ、佐和紀の髪で口元をくすぐられた周平は微笑んだ。

腕の中にいる、純情な男がたまらずに愛しい。

「周平……、そ、こ……っ、んっ」

「気持ちよさそうだ」

「……ん、いい……。それ、いい……」

誰の手でもなく、周平の手だから、佐和紀は慣れない快感を繰り返し求めてくる。

「俺が帰るのを待ってたのか」

「……ちがっ……」

佐和紀がぶるぶると首を振った。エッチなことを期待していたと思われたくないのだと気づいた周平は、その裏に隠されている真実にも気がついてしまう。

佐和紀は待っていたのだ。昼間のシャワータイムの欲求不満は、周平だけが感じていたわけじゃない。だから、佐和紀は、誘われるのを待って、待ち疲れて寝てしまったのだ。

「……嘘でもいいから、待ってた、って言ってくれ」

「だって……、違う……」

「俺はしたかった。おまえのここをこうやって、優しく撫でて、大きくして。……慣れてきただろう？」

「あっ……やっ……」

ソフトタッチに形をなぞっていくと、佐和紀はくちびるを噛んで身をよじった。

「あっ、あっ……」

「イクのは、もう少し待ってろ……。俺が、もっと触っていたい」

「はっ……ぁ、やぁ、だっ……。そんな、触り方……っ」

「いやらしいだろ？」

「……やら、し……っ」

「いやらしく、触ってるんだ。ほら、もっと硬くなってきた。おまえの形も……」

「言うな、よっ……」

唸(うな)るような声を出した佐和紀の目は潤んでいる。本当はもっと素直に身を投げ出したいのだろう。そうすることが、喜ばせるのか、萎(な)えさせるのか、佐和紀にはまだわからない。

周平は答えを出さずに、佐和紀の額にキスを繰り返す。いつしかくちびるが重なり合い、舌先が互いを求めて絡んだ。

舌先の立てる湿った音と、周平の手が立てる濡れた音が混じり合い、佐和紀が官能的に息づかいを引きつらせていく。

「気持ちいいか、佐和紀」

「ん……ん……っ。いい、きもち、いっ……ぁ、んっ」

佐和紀は素直に答え、周平の背中を指先で何度も掻く。

淡く色づいた恋心がほどけ、濡れそぼって赤く染まっていくような夜だ。周平は理性の最後の一本を保ち続け、ただひたすらに佐和紀に奉仕する。それが幸福だ。佐和紀が快感を貪る瞬間、周平の胸の内は深く充足して、いまだ知り得なかった悦楽に感じ入る。

それは淀(よど)みなく澄んで、清純に美しい。

周平は深く息を吐き出した。佐和紀の存在が瑞々(みずみず)しく胸に沁(し)みて、甘酸っぱい、この一瞬だけは、本当の自分自身を取り戻せる気がしていた。

あとがき

こんにちは。高月紅葉です。『仁義なき嫁　旅情編』を手に取っていただき、ありがとうございます。新書として出版されていた仁義なき嫁シリーズ最初の三冊は、これですべて文庫として生まれ変わりました。ひとえに愛読してくださっている皆さんのおかげです。

この続きは、すでにラルーナ文庫から出版されている四巻『新婚編』となります。三巻を待っていた方は、こころおきなく、この先の仁義なき嫁の世界に浸ってください。これから先の、佐和紀の成長と周平の度量の広さが『仁嫁』の本領です。

同人誌などで発表した番外編については、文庫に収録されているものを除き、ほぼすべて電子書籍にしています。そちらも、ご興味がおありでしたら、よろしくお願いします。

久しぶりに読み直す初期の原稿は、なんだかもう、いろんな意味で胸が締めつけられました。自分の筆運びだとか。佐和紀の幼さ残る戸惑いだとか。嫁とは反対に、汚れきってしまっていた周平だとか……。反省しつつ、作者と登場人物、ともに精進を重ねたいです。

末尾になりましたが、発行に関わってくださった方々と、読んでくださっているあなたの善意ある『みかじめ料』に、心からお礼を申し上げます。

高月紅葉

＊仁義なき嫁　旅情編：電子書籍『仁義なき嫁　旅情編』に加筆修正
＊チェリーレッドのくちづけ：書き下ろし

ラルーナ文庫

この本を読んでのご意見・ご感想・ファンレターなどお待ちしております。**〒111-0036 東京都台東区松が谷1-4-6-303 株式会社シーラボ「ラルーナ文庫編集部」**気付でお送りください。

仁義(じんぎ)なき嫁(よめ)　旅情編(りょじょうへん)

2019年6月7日　第1刷発行

著　　者｜高月 紅葉(こうづき もみじ)

装丁・DTP｜萩原 七唱

発 行 人｜曺 仁警

発 行 所｜株式会社 シーラボ
〒111-0036　東京都台東区松が谷1-4-6-303
電話　03-5830-3474／FAX　03-5830-3574
http://lalunabunko.com

発　　売｜株式会社 三交社
〒110-0016　東京都台東区台東4-20-9　大仙柴田ビル2階
電話　03-5826-4424／FAX　03-5826-4425

印刷・製本｜中央精版印刷株式会社

ISBN978-4-8155-3213-0